हाईवे 39

हाईवे 39

उदय प्रकाश

वाणी प्रकाशन

वाणी प्रकाशन

4695, 21-ए, दरियागंज, नयी दिल्ली 110 002

फ़ोन : +91 11 23273167 फ़ैक्स : +91 11 23275710

शाखाएँ

अशोक राजपथ, पटना 800 004, बिहार

कॉफ़ी हाउस कैम्पस, महात्मा गांधी मार्ग, इलाहाबाद 211 001, उत्तर प्रदेश

महात्मा गांधी अन्तरराष्ट्रीय हिन्दी विश्वविद्यालय, वर्धा 442 001, महाराष्ट्र

सुल्तानिया रोड, मोतिया पार्क, भोपाल 462 001, मध्य प्रदेश

www.vaniprakashan.com
marketing@vaniprakashan.in
sales@vaniprakashan.in

Highway 39
by Uday Prakash

ISBN : 978-93-90678-13-6
Fiction/Screen Play

पेपरबैक प्रथम संस्करण 2021

सिटी प्रेस, दिल्ली-110 095 में मुद्रित

वाणी प्रकाशन का लोगो मक़बूल फ़िदा हुसेन की कूची से

प्रकाशक की ओर से

भारतीय साहित्य के आधुनिक और उत्तर–आधुनिक कालखण्ड को उदय प्रकाश की रचनाओं ने उसी प्रकार से समृद्ध किया है जैसे गैब्रिएल गार्सिया मार्खेज़ ने जादुई यथार्थवाद को, सिमोन द बोउआर ने स्त्री–विमर्श को, जूलिया क्रिस्टेवा ने जेंडर के सामाजिक ध्रुवीकरण को ध्वस्त करने की प्रक्रिया को और सैल्वाडोर डाली ने अतियथार्थवाद द्वारा जीवन की सांसारिक और एक ढर्रे की दृष्टि को खण्डित करने की प्रक्रिया को।

कुल मिलाकर उदय प्रकाश वह प्रस्थान बिन्दु हैं जिसने हिन्दी साहित्य में प्रचलित विचारधाराओं को कुछ विराम लेने और आत्ममन्थन करने पर मजबूर किया। उदय प्रकाश के साहित्य के समग्र मूल्यांकन के लिए भविष्य को इतिहास बनने की प्रक्रिया से गुज़रना ही होगा।

उदय प्रकाश हिन्दी साहित्य के जानेमाने कवि, कहानीकार व पटकथा लेखक हैं। विभिन्न पुरस्कारों से सम्मानित उनकी रुचि पत्रकारिता में भी रही है। इसके अतिरिक्त 'भारतीय कृषि का इतिहास' पर टीवी सीरियल का निर्देशन भी उन्होंने किया है।

उदय प्रकाश ने विजयदान देथा की कहानियों को पटकथा में बदल कर और 'बिज्जी' नाम से देथा के जीवन पर आधारित डॉक्यूमेंट्री तैयार की है। आधुनिक नाटक के जन्मदाता भारतेन्दु हरिश्चन्द्र पर भी उन्होंने डॉक्यूमेंट्री फ़िल्म का निर्माण किया है।

प्रस्तुत आलेख 'हाईवे 39' की रचना एक फ़िल्मी पटकथा के रूप में की गयी है। उदय प्रकाश का साहित्यिक अनुभव उनके पटकथा–लेखन में भी दिखाई पड़ता है। स्पष्ट दृश्य विधान और पात्रोनुकूल संवाद उनके लेखन की ताक़त रही है। ये विशेषता उनकी पटकथा में भी दिखाई देती है।

'हाईवे 39' का कथानक नाटकीय के साथ–साथ यथार्थ के धरातल पर भी उतना ही गहरे रूप से जुड़ा हुआ है। वास्तविक अर्थों में और गहरे जाकर उसका अनुशीलन किया जाय तो यह द्वन्द्व, दुविधा, कशमकश, ऊहापोह से लिपटा–सिमटा ऐसा कथानक है जो भ्रम के आवरण को छाँट कर यथार्थबोध की स्थापना करता है और अन्ततोगत्वा जिसका उद्देश्य है सत्य और झूठ का विभेदीकरण। यथार्थबोध इस आधुनिक या तथाकथित उत्तर–आधुनिक युग का सबसे बड़ा रूप है जो प्रत्यक्ष रूप से व्यक्ति के अस्तित्व और अस्मिता से जुड़ा है।

कथानक का पूरा विधान और ताना–बाना इस तरह बुना गया है जिसमें आप स्वाभाविक तौर पर इससे प्रभावित होते हो और जकड़े जाने में आनन्दित। इसी प्रभावोत्पादकता के लिए उदय प्रकाश प्रसिद्ध हैं। ऐसी ही प्रभावोत्पादकता हमें लुई पिरांडेलो के नाटक 'हेनरी द फोर्थ' और जे.बी. प्रीस्टले के नाटक 'एन इंस्पेक्टर कॉल्स' में भी देखने को मिलती है।

पहले जहाँ शब्दों के माध्यम से उदय प्रकाश बिम्बों, रूपकों और प्रतीकों को साकार करते थे, इस बार वही काम उन्होंने कैमरे की आँख से किया है और कहना होगा कि वह इसमें पूरी तरह से सफल रहे हैं।

बेशक यह अपने आप में एक फ़िल्म के लिए लिखी गयी पटकथा है लेकिन यदि चाहें तो इसे एक नाटक के रूप में भी मंच पर प्रस्तुत किया जा सकता है।

अदिति माहेश्वरी

कार्यकारी निदेशक, वाणी प्रकाशन ग्रुप

भूमिका

आज तक हम उदय प्रकाश को एक कवि, कहानीकार के रूप में ही जानते थे लेकिन इधर उनकी एक फ़िल्मी पटकथा पढ़ने को मिली–'हाईवे 39'। मूलतः यह एक जर्मन कहानी से प्रेरित है जिसका नाम है 'डेंजरस गेम'। साठ के दशक में इसी के आधार पर विजय तेंडुलकर ने अपना बेहद चर्चित नाटक लिखा था 'ख़ामोश! अदालत जारी है'। फिर इस सदी के पहले दशक में रंजीत कपूर का एक नाट्य रूपान्तरण 'द रांग टर्न' के नाम से सामने आया जिसे उन्होंने राष्ट्रीय नाट्य विद्यालय के छात्रों के साथ मंचित भी किया। और अब तीसरे दशक की शुरुआत में उदय प्रकाश का 'हाईवे 39'। अच्छी बात यह है कि एक ही कथा–स्रोत से प्रेरित होने के बावजूद तीनों आलेख अपने आप में स्वतन्त्र हैं और इनमें दूर–दूर तक कहीं कोई समानता नज़र नहीं आती।

मुख्य रूप से 'हाईवे 39' के बारे में कुछ ज़रूरी बातें–जहाँ पहले दोनों आलेख नाटक के रूप में लिखे गये हैं, प्रस्तुत आलेख की रचना एक फ़िल्मी पटकथा के रूप में की गयी है। कुल मिलाकर सत्रह दृश्य या सीक्वेंस और एक सौ तीन कैमरा शॉट्स में विभाजित है यह पटकथा अर्थात् हर दृष्टि से बहुत ही नपी–तुली और कसी हुई पटकथा। जिस तरह से अपनी कहानियों में उदय प्रकाश सूक्ष्म से सूक्ष्म ब्योरों के बीच से कथा के जटिल बिन्दुओं को खोलते चलते हैं, यहाँ भी उनकी वही पकड़,

वही मितव्ययिता अथवा संक्षिप्तता और अनुशासन अपनी जगह बरकरार है। बेशक अपने आप में एक फ़िल्म के लिए लिखी गयी पटकथा है यह लेकिन यदि चाहें तो इसे एक नाटक के रूप में भी मंच पर प्रस्तुत किया जा सकता है। बहुत ही कम चरित्र और उनके बीच घटित होती हुई बहुत ही रहस्यात्मक और नाटकीय कथा। पूरा ताना–बाना इस तरह से बुना गया है कि आपका ध्यान एक क्षण के लिए भी इधर–उधर नहीं भटक सकता।

कथानक जितना नाटकीय है, उतना ही वास्तविक भी है। दरअसल हमारे विचार में यही वह बिन्दु है जिसने उदय प्रकाश को मूल जर्मन कहानी के भारतीय रूपान्तरण के लिए प्रेरित किया होगा–एक खेल की तरह से एक मुक़दमे की पूरी कार्यवाही और उसके भीतर एक मुज़रिम की तरह से फँसे नायक रोहित का ब्रेकडाउन। वास्तविक क्या है? भ्रम क्या है? सत्य क्या है? झूठ क्या है? यही दुविधा, यही धुन्ध इस कथ्य को हमारे अपने लिए कितना प्रासंगिक और समकालीन बना देती है। क्या हम रोज़ाना ही ऐसी घटनाओं अथवा समाचारों से रूबरू नहीं होते कि कम्पनी में ऊँचे से ऊँचा पद हासिल करने के लिए क्या–क्या हथकंडे नहीं अपनाये जाते? जब नायक रोहित स्वयं अपने भीतर के सत्य तक पहुँचता है तो वह उसका सामना भी नहीं कर पाता। हाईवे पर कार का दुर्घटनाग्रस्त होकर खाई में गिर जाना अन्ततः उसके अपने सपनों का चूर–चूर हो जाना है।

'हाईवे 39' को पढ़ते–पढ़ते उदय प्रकाश की बहुत–सी कहानियाँ एक साथ याद आती रहती हैं–'दिल्ली की दीवार', 'मोहनदास' और यहाँ तक कि 'राम सजीवन की प्रेमकथा' भी। यहाँ भी वह उसी पगडंडी से अपनी यात्रा शुरू करते हैं–जानी–पहचानी पार्टियाँ, फिर जंगल, जंगल में बौने जैसा चरित्र, फिर एक महलनुमा आलीशान बँगला और उसमें तीन सूट–बूट से लैस अदालती चरित्र और एक जल्लादनुमा आदमी–बार–बार यही प्रश्न, यही जिज्ञासा कि यह सब कुछ

फ़न्तासी है या सचमुच का यथार्थ है या वह 'जादुई यथार्थ' है जिसके लिए उदय प्रकाश जाने जाते हैं। चाहें तो इसे हम लुई पिरांडेलो के नाटक 'हेनरी द फोर्थ' में भी देख सकते हैं और जे.बी. प्रीस्टले का नाटक 'एन इंस्पेक्टर काल्स' भी हमें इसी से मिलती–जुलती दुनिया से साक्षात्कार कराता है। बाद में डारियो फो भी अपने नाटक 'एन एक्सीडेंटल डेथ ऑफ़ एन अनारकिस्ट' में एक दूसरे सन्दर्भ में इसी युक्ति का इस्तेमाल करते हैं।

आज से सत्ताईस साल पहले उदय प्रकाश की कहानी 'राम सजीवन की प्रेमकथा' का मंचन राष्ट्रीय नाट्य विद्यालय के छात्रों के साथ किया था और तब से लेकर आज तक उनकी लगभग सभी रचनाओं के भीतर से गुज़रने का अवसर मिला है। हम रेखांकित करना चाहेंगे कि 'हाईवे 39' उससे आगे की कड़ी है, जो अब तक उनके द्वारा लिखा जा चुका है। सिर्फ़ इसलिए नहीं कि वह एक दूसरी विधा में लिखा गया है वरन् इसलिए कि यहाँ लम्बे–लम्बे विवरण सिरे से ग़ायब हैं और संवाद भी बहुत ही सघन और संक्षिप्त हैं। पहले जहाँ शब्दों के माध्यम से उदय प्रकाश बिम्बों, रूपकों और प्रतीकों को साकार करते थे, इस बार वही काम उन्होंने कैमरे की आँख से किया है और कहना होगा कि वह इसमें पूरी तरह से सफल रहे हैं।

यह सिलसिला उदय प्रकाश आगे भी बनाये रखेंगे, इस आशा के साथ, शुभकामनाओं सहित।

3 मार्च, 2021

देवेन्द्र राज अंकुर

Sequence 1

The celebrations

1. EXT. CLUB–NIGHT

A lively vibrant atmosphere. There is festivity in he air at this venue–a club house. People arriving in luxurious cars. Different cars keep coming in, guests are being greeted and welcomed. They go inside a lit-up, decorated hall. They are dressed in suits mostly. It looks like a corporate boss's party. These are businessmen and executives arriving, accompanied by their wives.

2. INT. CLUB–NIGHT

Camera follows a man in a suit–on his back as he moves through the crowd of guests and he is greeted by smiling and cheerful faces.

We hear snippets of conversation in the hall.

Three ladies are huddled together and we hear this:

पहली : इनकी मैरिज कब हो गयी?

दूसरी : पहली की डेथ के बाद...! अभी तो एक साल भी नहीं हुआ होगा...

Further ahead we hear as he passes:

बहुत तगड़ी जगह पर हाथ मारा...

ATV reporter with a mike in her hand faces her camera.

टीवी रिपोर्टर : के जी सी यानी कपूर ग्रुप ऑफ़ कम्पनी को इस मुकाम तक पहुँचाने में सबसे बड़ा रोल है इसके सीएमडी आर के धवन का...! एक ही साल में इस तीस साल के युवा कम्पनी प्रबन्धक ने कम्पनी का टर्नओवर बीस गुना बढ़ा दिया...

On the stage an announcer begins by saying into a microphone–

अनाउंसर : Friends,we are here today-to celebrate and to commemorate a landmark event.

That is the Twenty fifth, shining, sparkling and glorious silver year of Kapoor Group of Companies...KGC *(applause)*

...And to narrate the whole story of 25 year's journey, a journey of struggles and achievements, of success and failures, a journey of ups and downs ...let us hear from the man of the moment ...our new Chairman and Managing Director, Mr. Rohit Kumar Dhawan. At the age of 30, he is one of the youngest CMDs today in India. Give him a big hand, Ladies and gentlemen.

A round of APPLAUSE.

He is the man the camera has been following on his back. Now as a spotlight hits him, he turns and we see his face.

Excitement on his face. This is definitely a big day for him. He is walking to the stage as if he has just won an award.

अनाउंसर : And now ladies and gentlemen I call upon Tanya Kapoor...*(pause for a moment)* Mrs. Tanya Kapoor Dhawan... to come on the stage ...A co- traveller and a great inspiration to her husband ...Mr. Rohit Kumar Dhawan ...give her a very very big hand.

Another round of applause as the spotlight now picks up an attractive young lady in a wine red cocktail dress. She is Tanya.

We pick up other snippets–

पहला आदमी : बहुत ऑनेस्ट आदमी है...ये साहब का चहेता मैनेजर है...

दूसरा आदमी : चहेता नहीं, चमचा बोल चमचा...कहाँ से शुरू किया...और यहाँ तक पहुँच गया...

पहला आदमी : ...इसे कहते हैं लक...

पाइप वाला अजीब सा आदमी

लक नहीं। ...करियर प्लानिंग और कैलकुलेशन...!

A strange looking man, with mysterious eyes and a hoary voice, says as he pulls on a pipe and blows the smoke and looks towards the ceiling:

अभी ये और ऊपर जायेगा...बहोत ऊपर...

On the stage, Rohit is addressing the gathering:

रोहित : Ladies and gentlemen, I'm honored to welcome you all here. Well, you all are no strangers to our Kapoor Group of Companies... most of you, present here have long, friendly, close and time-tested relationship with us.

So friends, I will not take much of your time in telling you all the details of the 25 year's journey of the Group... Lets keep it for some other time. Tonight, as you know, we are here to celebrate ...the Twenty fifth silver anniversary of KGC...

So let the celebrations begin...enjoy yourself...

अनाउंसर : I'm sorry to interrupt ...BUT There is one more equally big reason for this celebration today...

लेडीज़ एंड जेंटलमेन...आज की ये ख़ुशनुमा शाम रोहित कुमार धवन और मिसेज़ तान्या कपूर धवन की पहली मैरिज एनिवर्सरी के ठीक पहले की शाम है।

Huge round of applause again

अनाउंसर : And to begin the celebrations we have the ravishing sizzling performance by... *(YANA...)*

3. PLAY BACK SONG

As the song begins we have a performance by an artiste and a group of dancers.

When colleagues come up to Rohit and ask him to join in and dance, he is reluctant at first and seems shy. Then he joins in and Tanya too joins.

4. EXT. ROAD–NIGHT

The red Octavia car, speeding on the late night road.

5. INT. CAR DRIVE–NIGHT

On the way home now, Rohit and Tanya are silent in the car. Tanya looks at him a few times, he seems self-absorbed and distant. He catches her looking at him.

तान्या : क्या सोच रहे हो रोहित?

रोहित : मैं ये सोच रहा हूँ कि...देखो आज मैं मंज़िल तक पहुँच ही गया...

तान्या : किसी की याद तो नहीं आ रही...? मिसिंग समवन...? करुणा?

रोहित : नो तान्या नो...मैं तुम्हें कितनी बार समझा चुका हूँ, करुणा को मैं भूल चुका हूँ...पूरी तरह से...और वो आज होती भी तो...ख़ुश नहीं होती...मुझे कोस रही होती...

Tanya, my first marriage with Karuna was a big mistake, and you know that...

तान्या : अरे कमॉन...मैं तुम्हें छेड़ रही थी...
तुम तो इतना serious हो गये...
Relax...

6. EXT. ROHIT HOUSE– NIGHT

There is a full moon over the roof of the bungalow.
The red Octavia enters and brakes abruptly. Both come out of the car.
Under the car is a black cat. Frightened but safe. Tanya pulls out the cat.

तान्या : मोचू मोचू कहीं लगा तो नहीं।...
इसे कुछ हो जाता तो...मैं तो डर ही गयी थी...
The black cat glowers at Rohit.

रोहित : कमॉन यार, कैसे कुछ हो जाता?
I'm always careful when I drive...
He puts his arm around Tanya and they go inside the house.

HOLD FIXED BLOCK.
DISSOLVE TO:

Sequence 2

The departure from home

7. EXT. ROHIT HOUSE–DAY (EARLY MORNING)

Same fixed block of the house.

8. INT. BEDROOM–DAY

ON TANYA

As she just wakes up beside Rohit, who is still asleep.

She gets up, rubs her eyes gently and goes and parts the curtains of the huge glass window in front. Burst of sunshine.

Every property and furniture in the house is very contemporary in style. The bed is low. There are modern lamps on either side of it. Above the bed is a modern abstract painting. The colours of the wall are soft and pastel. The curtains have a bright floral design. From her angle: we see the lawn where an old lady–her mother–waters the flowering plants, with a *mali* helping her.

We see that Tanya is a voluptuous girl–her dress reveals legs and arms, radiating eroticism, caressed by the glorious morning sunshine.

Tanya looks sweetly where Rohit is sleeping.

Turning towards the door and opening it, she calls out to her maid:

तान्या : मीताली...मीताली...!

मीताली *(off-screen)*

आयी...बाबा...!! आयी...!!

And suddenly the black cat jumps into the chair near her.

तान्या : मोचू...! अले...अले...मेले प्याले प्याले मोचू ...कहाँ थी तू अब तक...?

She carries the cat with her and sits on the bed. Then she gives a kiss on Rohit's forehead. He smiles with eyes closed and suddenly pulls her to him. The cat glowers.

At the door, Mitali the house-maid stands, hesitating to enter with a tea-tray.

मिताली : बाबा...चाय!

She leaves the tray on the table and exits.

9. INT. ROHIT HOUSE–BEDROOM–DAY

CLOSE ON:

A suitcase in which clothes are being placed.

Rohit, looking for his pair of socks, yells out:

Rohit : Arey baba, mere mozey kahan hain...

Tanya *(off screen)*

Hang on ...abhi deti hoon...

Just then the phone rings.

शर्मा : *(filtered voice)*

सर होलीडे के लिए आप गोवा ही जा रहे हैं न...

रोहित : बोलो क्या काम है शर्मा?

शर्मा : सर रास्ते में वो साइट देखते चले जाते...

रोहित : अरे यार एक विकेंड तो चैन से गुज़ारने दो...

शर्मा : सर हमारा schedule एक हफ़्ते और बढ़ जायेगा। सर वो जर्मन टीम भी यहाँ आ चुकी है। सर वा...

रोहित : मैं देखता हूँ।

Rohit puts the phone down as Tanya enters, looking fresh from the bath. She immediately goes to the wardrobe and finds the socks and hands them to Rohit who smiles. Then:

रोहित : शर्मा का फ़ोन था...ऐसा करो तान्या...मैं बाई रोड आता हूँ...माइन की साइट देखना है।

तान्या : रोहित...तुम...

रोहित : I Promise, I will be there... I will not leave you alone... मैं नौ बजे तक ज़रूर पहुँच जाऊँगा।

Site raastey mein hi to hai...just 6 hours drive...

...he says, as he pulls out air tickets

from the suitcase and hands over to her...

रोहित : ये रहा तुम्हारा एयर टिकट

तान्या : रोहित...tum nahin badlogey...

रोहित : कम्पनी का नुक़सान होते मैं नहीं देख सकता...

तान्या : और मेरा नुक़सान...

रोहित : वो तो मैं आकर पूरा कर दूँगा...

10. INT. PORTICO OF ROHIT'S HOUSE

The rear of the car as it reverses out of the portico and on to the road.

Tanya comes carrying a bag stuffed with snacks.

She puts it on the seat beside Rohit.

(All this while the camera stays **constantly** *on Rohit's back.)*

तान्या : Anyhow–you must reach there by 9:30...

रोहित : Yes, Tanya! and nine thirty is not that late to start afresh!

तान्या : Shut up!

The car moves on.

11. INT. INSIDE CAR–DAY

Camera is still fixed to Rohit's back from the backseat of the car as he drives, nodding his head to the peppy music from the CD player.

Suddenly he notices in the rear-view mirror:

INSERT OF MIRROR:

Tanya is waving frantically, she is running and calling him.

Rohit stops the car, and the music, and reverses.

12. EXT. ROAD OUTSIDE HOUSE–DAY

As he reaches, Tanya immediately starts searching the rear of the car. And smiles in relief.

From her POV: we see the black cat sitting on the rear seat.

तान्या : रोहित देखो! तुम्हारे साथ कौन जा रहा है?

रोहित : मो...चू...!!!

Tanya pulls the black cat Mochu out and shuts the door.

As Rohit drives off we see Tanya waving her right hand, holding Mochu in her left arm.

We stay on Tanya for sometime as we move farther and farther away on the road. Music rises up as we close in on one eye of the cat.

Inside that single eye of the cat we see: The red Octavia moving on the road.

Music rises to a crescendo.

Sequence 3

On the road

13. EXT. ROAD–DAY

The music changes to the earlier peppy beat and we see the car pass through different spots.

14. INT. INSIDE MOVING CAR–DAY

Rohit nods his head to the beat of the music.

15. EXT. PETROLPUMP–DAY

The car enters a petrol pump on the outskirts of the city.
From Rohit's POV, inside the car: he drives in and stops.
He looks and waits. POV: No one is seen at the petrol pump.
Two honking sounds. Still no one. One more honk. And then a man is seen as he totters towards him. His appearance is like that of a deviant, destitute or drug addict.

रोहित : ऐ टंकी फुल कर दे!...

The man starts filling petrol.

रोहित : ए..! कौन–सी जगह है ये? वो केजीसी माइनिंग साइट का यही रास्ता है ना?

The man does not reply.

रोहित : अबे यार बोलता क्यों नहीं...? घूर तो ऐसे रहा है जैसे खा जायेगा!...ज़ुबान नहीं है क्या मुँह में...?

The man pulls out the petrol pipe and comes at the window and does a gesture which seems like he is slitting his throat, accompanied by strange sounds:

अनजान व्यक्ति : फू..फू..हा...हू..फू..फू..फा...हा...!!!!!!

It seems that the man is trying to say that he does not have the vocal box. But the whole gesture is scary and Rohit gets a fright. He quickly hands him the money and drives off.

16. EXT. HIGHWAY–DAY

Through the windscreen of the moving car: the road is seen to bifurcate in two directions. Rohit takes a turn. The car enters a highway and we see the big sign as the car passes:

Rohit looks at the sign and he continues driving. But then he seems puzzled–*has he taken the right road?*–and he takes the car off the highway. He stops and looks for the signs carefully. He drives again. There is something strange here–*is it because his car seems to be the only one on the highway* ?

17. EXT. FOREST SPOT ON HIGHWAY–DAY (EVENING)

Steam seems to be rising from the car. Rohit has noticed this and has stopped again. He comes out to inspect. When he opens the car's hood, a whole lot of steam rushes out. He moves off. Steam has disappeared.

He tries to start the car. He fails after repeated tries.

He looks around and sees across the road there is a narrow mud path leading into the woods.

18. EXT. FOREST–DAY

He starts walking and realises it is a forest. Animal and bird sounds grow increasingly strange. He turns back and returns to the car.

As he emerges on the highway, an airplane moves across the sky with a roaring sound.

19. EXT. FOREST SPOT ON HIGHWAY–DAY

He sits inside the car and eagerly pulls out his mobile phone which is lying in the car. But he is disappointed. INSERT of the display panel :

NO NETWORK

He keeps it back, eases the car seat, stretches over it and closes his eyes in despair. As if he could try and get some sleep.

He obviously cannot sleep.

He abruptly moves and pulls out a Pepsi can from a hold-all kept on the side seat. He drinks it and throws out the can. Next he takes out a snack packet(*Kurkure*) and starts munching. Restlessness is evident in his actions. He again looks at the mobile phone. He throws out the empty packet.

He again stretches over and closes his eyes again to try and get some sleep.

20. EXT. FOREST SPOT ON HIGHWAY–EVENING TO NIGHT

Rohit gets out from the car. At his feet outside, we see the pile of packets he had thrown out– lying near the door of the car as his feet cross.

He wants to cross the road but waits for a solitary vehicle to pass.

An old Morris car passes, carrying inside an old, traditionally dressed, Parsi couple. They blow the horn as they pass. The road is deserted now.

He looks up at the sky and sees:

The sky is rapidly changing its colours. The golden hue of the evening is disappearing.

And hurtling dark clouds soon cover the entire sky. Suddenly it grows very dark.

He crosses to the other side of the road, his back to the camera. He opens his trouser´s zip–he is now obviously pissing. His expression changes as if greatly relieved now.

But there is something else in his expression–as if he is seeing something far away. What is it?

A light far away in the dense and dark woods.

He zips up and starts walking briskly towards it.

He has to struggle to find a way as there is no road nor any opening in that direction and visibility is very poor.

Sequence 4

Meeting the Tibetan Dwarf

21. EXT. FOREST–NIGHT

Rohit takes to a narrow path going inside the jungle. (*Steadicam shots*). Sounds of the jungle and the rustling produced by his feet. He walks through the dense bushes. There´s fatigue evident on his face.

He steps aside from a snake and then he seems to lose his way.

Jungle creatures–WILD LIZARDS, INSECTS etc. in big close shots.

There is no sign of the light he had spotted earlier. There is only darkness and a deserted forest with an eerie sound.

Suddenly there is a sparkle again in Rohit's eyes. We see again the same light, far off in the forest.

Rohit walks faster, struggling wildly against shrubs and bushes, gazing constantly at the light in an attempt not to lose sight of it again.

JUNGLE CREATURES run away from his steps. He is deeper inside the forest now.

22. EXT. HUT IN THE FOREST –NIGHT

He has reached a small timber-hut. It is covered with moss. Grass and creepers have grown over it and it appears as if it is an abandoned hermit´s hut.

And there is a lamp burning inside.

Rohit hesitantly knocks on the door. There is silence.

Rohit shakes the door and knocks again.

रोहित : कोई है...? हैलो...हैलो...! भाई...अन्दर...कोई है?

The door opens with a heavy creak. Dust and leaves drop down on Rohit's head, as if the door has opened for the first time in many years. An elderly man–a DWARF–emerges. He has Tibetan features.

रोहित : तुमको कार ठीक करना आता है...मेरा मतलब...इधर कोई मैकेनिक होगा?...

उधर मेरी कार खड़ी है...चलकर देख लो...

तिब्बती : कार!!!

Tibetan dwarf does not seem to like the angry tone in Rohit's voice. He retreats back to his hut and as he shuts the door from inside, he says in disgust:

तिब्बती बौना : हुकुम जमाने को आया...! कार के वास्ते नौकर खोजने को आया इदर...जंगल में ...!

रोहित : अरे...अरे...! सुनो...सुनो...!!...धत्...अजीब सनकी बुड्ढा है। ...दरवाज़ा बन्द कर दिया...

Rohit turns and begins to walk away from the hut. It is quite dark and strange sounds grow louder in the forest. Something slithers in the bushes. He stumbles and seems to hit a stone which is heard to fall with a rustling and crashing sound. He freezes.

We see that he is on the edge of a cliff. One wrong step and he would fall hundreds of feet down into the deep valley beside a waterfall. He can hear his heart beats.

Cautiously he takes a few steps away from the cliff. Then increases the pace. And hits a trunk of a tree which, for a moment, looks like the arm of a person.

He falls to the ground. And sees:

The Tibetan dwarf's hut. And a figure is seen walking towards him, with a lit lamp in his hand. As it comes close it is clear that he is the Tibetan Dwarf.

He is carrying a rifle strung on his shoulder. The Dwarf extends his hand to help him rise.

रोहित : Thanks... वो क्या है परेशानी में...थोड़ा कड़क बोल दिया... I'm sorry.

तिब्बती बौना : तुम इदर क्या खोजने आया...? सच बोलने का...

रोहित : कुछ खोजने नहीं आया बाबा...मेरी कार ख़राब हो गयी। हाइवे पर खड़ी है। मैं केजीसी का मैनेजिंग डायरेक्टर हूँ। इधर कोई मैकेनिक होगा बाबा?

तिब्बती बौना : तुमारा माथा तो नहीं घूम गया साहेब! मैकेनिक इदर जंगल में आधी रात क्या शेर–भालू का कार सुधारेगा?...

He chuckles.

तुम इदर रात कैसे गुजारेगा...सोचा? ...मैन ईटर जानवर इदर बहोत होता। समझा क्या?

The dwarf scratches one foot by raising the other foot.

तिब्बती बौना : चलो...देखता है। ट्राइ मारेगा अपन! क्या...? पक्का नहीं बोल सकता अबी। समझा..? उदर जंगल के अन्दर तुम्हारे जैसे साहब लोग का बँगला है, आओ मेरे पीछू...! बोल के देखना उदर!...चुपचाप मेरे पीछू आने का...

23. EXT. INSIDE FOREST–NIGHT

Rohit follows the dwarf as he walks in a weird manner–the Tibetan jumps over muddy patches, contorts his body to deftly avoid branches and *at times seems to glide though the woods*. While Rohit has to struggle to keep pace in these surroundings.

He tries to ask the Tibetan about his special gift. The Tibetan does not seem to hear and continues to move on.

The gap between them grows and Rohit is fearful. Suddenly a shriek is heard. Rohit freezes–it is so scary.

He turns back slowly and dreadfully. There is rustling in the woods.

A little later another shriek. This time he turns and hears : the tinkling sound of anklets.

A third time another shrill sound. He looks back.

There is a face staring at him.

A woman.

She has a witch like face, with large dark eyes and her white teeth shine eerily. She could be a destitute woman. Now the Tibetan also has stopped and he turns to see Rohit. The dwarf does his gesture of scratching his foot and says–

तिब्बती : मेरी औरत है साहब...डरना नहीं।...

This comes as immense relief. All three are now walking in the same direction. The dread does not completely leave him.

Suddenly Rohit's mobile rings with a polyphonic tune. He is excited and happy: It's Tanya calling.

तान्या : *(filtered voice)*

डार्लिंग...व्हेयर आर यू ...? मैं तो कब की पहुँच चुकी हूँ कहाँ हो तुम..? इतनी देर क्यूँ लगा दी? रोहित डार्लिंग जल्दी आओ ना...! मैं बिल्कुल अकेली हूँ...। अभी डिनर भी नहीं लिया मैंने...।

आज हमारी एनिवर्सरी है ना...दोनों साथ–साथ खायेंगे...! है ना रोहित...!

With a beep the voice goes off and insert:

"No network"

रोहित : धत्...धत्...! क्या हो गया इसे?

Rohit wanders in search of a signal and climbs up a rock.

He gets the network and he dials Tanya.

रोहित : हेलो...हेलो बाबा...! कैन यू हियर मी? बाबा, मेरी कार ख़राब हो गयी है...जंगल में। आयम ट्रेप्ड...! बट नथिंग टु वरी...बाबा...

तान्या : *(voice over of Tanya on cellphone)*

एइ रोहित...! कार जंगल में छोड़ दो और तुम आ जाओ...प्लीज़ लिफ्ट ले लो ना किसी से...

A digital sound and the words on the screen:

'SEARCHING FOR THE NETWORK'

And then :

'NO NETWORK COVERAGE'

Angrily, he throws the phone away. And immediately realizing what he has done, he jumps to get it and loses balance and falls.
The Dwarf is amused at this.

24. EXT. MANSION IN THE FOREST–NIGHT

Through the foreground of trees, far away, a solitary mansion is seen in moonlight. The Dwarf and Rohit are walking towards it.

Sequence 5

At the Entrance

A. The Iron Gate

25. EXT. ENTRANCE GATE OF MANSION–NIGHT

They stop at the huge gate in front of the mansion.
A big rectangular marble nameplate bears the inscription.

HONOURABLE MR. S.S. MUKHERJEE, CHIEF JUSTICE, (RETIRED), HIGH COURT

Tibetan Dwarf nudges Rohit and says:

तिब्बती बौना : *(फुसफुसाते हुए)*
जज साहब की कोठी है...तुम जाकर किवाड़ खटखटाओ...रात गुज़र जायेगी इधर आराम से...
(अजीब तरीक़े से हँसता है)

Rohit opens the entrance gate with great difficulty. It is too big and heavy to move. He hesitantly walks in and cautiously moves towards the door of the huge mansion.

The mansion looks as if it has been abandoned for a long time. Wild grass has grown around all around it.

B. the door

26. EXT. ENTRANCE DOOR OF MANSION–NIGHT

Rohit knocks on the door. Door opens after sometime with a creaking sound and there is a gigantic robust man standing there, with a stone-like expression and a heavy bass voice.

कल्लू : क्या है?

Through the shoulder of the gigantic man a top angle shot of Rohit. He looks tiny in his perspective.

रोहित : मुझे वो बौना ले के आया इधर।

कल्लू : *(आँखें चढ़ा कर)*

बौना? कौन बौना?

Rohit is petrified. He looks back at the gate for the Tibetan dwarf. There is no sign of him there.

Rohit is perspiring. He stresses to recollect the Tibetan's name.

रोहित : वो...

Kallu stares at him in suspicion.

कल्लू : बोलो...! कैसे आया इधर? क्या चाहिए?

रोहित : वो...वो...क्या है कि माइनिंग की साइट पर

जा रहा था मैं। ...कार ख़राब हो गयी उधर हाईवे 39 पर...! फँस गया मैं इधर। अब रात तो गुज़ारनी है ना। वो बौना बोला इधर जज साहब का बँगला है... आइ मीन...दैट ड्वार्फ लेड मी टु दिस प्लेस...

Rohit, with a forced smile on his face, extends his hand shake hands with Kallu. Kallu is certainly not expecting it. He grabs Rohit's hand in an awful manner.

कल्लू : मेरे को अंगरेज़ी नहीं आती...! नाम क्या है तुम्हारा?

रोहित : रोहित कुमार धवन...। देखो आयम ए बिग ऑफ़िसर...! सॉरी...मैं कपूर ग्रुप ऑफ़ कम्पनीज़ का मैनेजिंग डायरेक्टर...

कल्लू : रुको इधर...! वेट करने का...! इसी जगह!

Kallu goes inside.

Rohit waits. And we see a black cat walking on the window sill and the cat disappears inside.

Kallu returns.

कल्लू : चुपचाप मेरे पीछे–पीछे आओ।

27. INT. CORRIDOR–NIGHT

Kallu shuts the door behind with a bar and leads him. He is wearing Bermudas. His feet are hairy and proportionally bigger than a normal human foot and they fall with a heavy sound.

Rohit follows him silently into the dimly lit corridor. Plaster of the wall has yellowed and is decaying. Their footsteps echo in the mysterious bungalow.

They cross a few candles placed at certain distances in the tunnel-like passage. Their shadows follow them on huge walls and floor.

Rohit's face shows his fear and suspicion.

A BLACK CAT watches them with its evil eyes.

Sequence 6

A Guest for Dinner

28. INT. HALL–NIGHT

In POV style *(Steadicam)*, camera moves and explores the hall.

It is a big hall, warmly and brightly lit by old style Gas Lamps. There are many antiquities in the hall. The windows have stained glass work on them, with motifs like angels and fairies, demons and ogres. The furniture is of oriental style. Wooden logs burn in the fireplace.

Camera reaches three old men who are seated on sofas in one corner of the hall. They all are neatly dressed in suits, British style–mustaches, pipes, hats etc.

One of them–the Judge–is wearing a long gown and seated in an easy chair, holding a glass of red wine.

They all turn their faces and look towards the camera.

Kallu bows before the Judge and moves aside.

A Victorian wall clock, with a big swinging pendulum, shows the time. It is 10 minutes to 12.
Rohit seems to be at a loss for words, quite astounded by this unexpected club-like atmosphere.

रोहित : सर...वो...बौना बाबा...मुझे लेके आया... यहाँ...। वो...बोला...जज साहब का बँगला है...। Kallu comes in with a big tray loaded with snacks and places it on the side–table. The men shift their look from Rohit to that side-table, where many wine bottles and glasses are already placed. One of them goes to it, makes a drink elegantly and offers it to the Old man. The Old man takes a sip and smiles at him in appreciation. The man takes in this complement and now pours a drink for himself before taking his seat.

जज : मैं ही हूँ वो बँगले वाला जज। हह...हह... जस्टिस एस.एस. मुखर्जी! प्रॉब्लम क्या है आपके साथ।

रोहित : सर,...वो...मैं गोवा जा रहा था...बाइ रोड...। ...सर वो माइनिंग साइट...! अचानक मेरी कार ख़राब हो गयी...सर।

जज : गोवा...?...माइनिंग साइट?...कार?...सॉरी यंगमैन...आय कुडंट गेट यू...!...कहाँ है तुम्हारी कार?

रोहित : वो...सर हाईवे पर खड़ी है।

जज : हाईवे पर? कौन–सी हाईवे पर?

रोहित : वो रोड पर! वो हाईवे 39 पर...

The Judge goes up to Rohit.

जज : बाइ द वे...हह...हह...नौजवान! ...यहाँ आसपास बीस किलोमीटर तक कोई सड़क नहीं है...हह...हह...नथिंग टु वरी यंग मैन। ...यू आर मोस्ट वेलकम टुनाइट टु ओब्लाइज अस ऑल बीइंग अवर गेस्ट। वी फील ऑनर्ड एंड यू फील एट होम। रिलैक्स...!

He laughs. All others join him in laughing.

He takes a big sip from his glass and others too immediately take sips. They seem to mimic his moves consciously.

Kallu looks relaxed with a pleasant expression.

Cat jumps and moves out of the hall.

(A feel of relaxed informality through change in music.)

दूसरा आदमी : *(रोहित से)* बैठो...! बैठो टेक योर सीट!.. .खड़े क्यों हो?

Kallu brings chair for Rohit to sit near them.

जज : यंग मैन! तुम अपने बारे में कुछ बताओ, उसके पहले लेट मी इंट्रोड्यूस यू टु दीज़ फ्रेंड्स...!

Judge walks up to Kallu.

ये...कल्लू है। कल्लू क़रीम उस्ताद। लीजेंड ऑफ़ हिज़ टाइम। अख़बारों और मैगेज़ीन्स में इसके बारे में फ़ीचर्स ज़रूर देखे होंगे!...कोर्ट में जल्लाद था। एक मशहूर सेलिब्रिटी...अब रिटायर्ड है।

दूसरा आदमी : हाँ हम सब के सब रिटायर्ड लोग हैं। बहुत पहले हम सब एक ही कोर्ट में होते थे।

Kallu makes a knot with a rope.

कल्लू : वो भी क्या बखत था साहब!...एक मुंडे को फंदे पर लटकाने का मेहनताना पाँच रुपया मिलता था...! ...बहोत सस्ती का जमाना था! ...एक बार साब जज साहेब ने एक ही महीने में पच्चीस रुपये का मेनताना कोर्ट से दिलवाया था...

He tests the knot he has made by pulling at it.

The third man who was silent till now looks at Kallu and says:

तीसरा आदमी : कल्लू जल्लाद ने अपने करियर के चालीस साल में उनचास लोगों को फाँसी पर लटकाया।

They all laugh together.

The Judge picks up a kebab from the plate takes a bite and suddenly looks at Rohit.

जज : प्लीज़ हेल्प योर सेल्फ़! क्या लेंगे वाइन, बियर, व्हिस्की या कोई अच्छा–सा कॉकटेल?

दूसरा आदमी : सर, वो हमारा फ़ेवरेट काकटेल...एफ एस एफ...

जज : हा...हा...हा...! गुड आइडिया! य्रंग मैन, गो फॉर इट ...! एफ एस एफ...फन एंड सेक्स इन फॉरेस्ट...! स्मॉल रॉयल चैलेंज, लिटिल ग्रेप वाइन...लेमॅनेड एंड अ लार्ज कंट्री ऑन रॉक्स...स्टिर इट पोरिंग बकार्डी ...नो वाटर...नो सोडा...!

रोहित : थैंक यू सर! लेकिन मैं पीता नहीं...

Judge is taken aback by Rohit's reply. Kallu too looks perturbed. The uncanny BLACK CAT jumps upon an antique piece and stares with its evil eyes.

दूसरा आदमी : *(अचानक गुस्से में कुर्सी छोड़कर खड़ा हो जाता है)*

योर ऑनर, दिस इज़ अ लाई। झूठा स्टेटमेंट।

(रोहित की ओर घूम कर)

तुम झूठ बोलते हो! सफ़ेद झूठ...!! ही मस्ट बी चार्ज्ड फॉर द मिसलीडिंग स्टेटमेंट एंड कंटेप्ट ऑफ़ कोर्ट अंडर आईपीसी सेक्शन... सच बोलो! तुम पीते हो या नहीं? तुम सिर्फ़ सच कहोगे, सच के सिवा...बोलो...

Rohit is astounded. Out of fear he gets up, walks up to the table and makes a drink hurriedly.

रोहित : येस सर। जी हाँ! जी हाँ!

(गिलास उठाकर मुँह में लगा लेता है और घबराहट में दो–तीन घूँट पी जाता है। आस्तीन से मुँह पोंछता है।)

(रन्धावा ठहाके मार कर हँसता है)

हा...हा...हा

जज : *(ज़ोरों से हँसता हुआ रन्धावा के चेयर के पीछे खड़ा हो जाता है। उसके कन्धे पर प्यार से हाथ रखता है।)*

...ये हैं मिस्टर के.एल. रन्धावा। रिटायर्ड पब्लिक प्रॉसिक्यूटर। अपने करियर में

इन्होंने एक भी मुक़दमा नहीं हारा। रिमेंबर नॉट अ सिंगल वन!! इनसे कोई मुज़रिम झूठ नहीं बोल सकता था।
(तगड़ा घूँट मार कर)
एक ज़िन्दा लाई डिटेक्टर! हा..हा...हा...

जज : *(हँसता है)*
बच्चा डर गया है मिस्टर रन्धावा। ...आप तो...हद करते हैं! अब तो तरस खाओ इस परेशान नौजवान पर...
They all laugh. Rohit sips his drink. He doesn´t seem to enjoy this humour.
Judge now points towards the third old man, introducing him:

जज : और ये हैं हमारी टीम के क़ाबिल द डिफेंस लायर मिस्टर देव कुमार नार्लीकर! क़ानून की बारीक़ियाँ और पेचीदगियाँ कोई इनसे सीखे।
The third old man walks to Rohit and shakes hands.

डीके : हैलो! बड़ी ख़ुशी हुई आपसे मिलकर। ...मुझे आप डीके भी कह सकते हैं।...

रोहित : And I am Rohit Kumar Dhawan... CMD in Kapoor Group of Companies.. KGC... pleased to meet you.
The giant hang-man Kallu interrupts.

कल्लू : डिनर लग गया साब!
Those three old men gulp their drinks in hurry. Rohit looks at them stunned as they fill their glasses to repeat.

जज : फिनिश योर ड्रिंक्स एवरी बडी! क्विक! क्विक्!

क्विक्!!!

तीनों

(एक साथ जाम उठाकर ज़ोरों से चीख़ते हुए)

Cheers.. In honour of our guest Mr. Rohit Kumar Dhawan ....tonight! CHEERS!!!

29. INT. DINING AREA– NIGHT

All four men are seated at a large old dining table.

Plates are piled high with meat, crabs and prawns.

They are eating with gusto.

The camera pans across the faces as each one of them chews and munches food with great style, using forks and knives.

Rohit feels apprehensive. DK Narlikar notices him.

डीके : ए...ए...! तुम खा क्यों नहीं रहे? फील कंफर्टेबल...

जज : खाओ नौजवान...! खाओ...!!

Judge picks up a prawn and takes a bite, running his tongue relishing the taste.

हुम्म्...वाह! कल्लू करीम के हाथ में जाने क्या हुनर है...

डीके : हुनर नहीं मिस्टर मुखर्जी...जादू है...जादू!

Rohit picks up something that looks like roasted mushroom and chews it. It does not taste too good. On his plate he notices that the prawn is moving its tentacles.

They speak in low voices now, and acoustically treated voices seems mysterious and incomprehensible.

Just then there is a loud bell sound of the wall-clock.

It is 12 in the night.

At the sound the judge gets up abruptly. Other two also follow, leaving their food unfinished on plates. Judge wipes his hand and face with the napkin.

जज : ओह! टाइम हो गया! क्विक्! क्विक्!

They all exit in a hurry.

Rohit is left alone at the dining table.

Kallu comes and asks him politely, in a strangely whispering tone:

कल्लू : कलेजी और लाऊँ साहेब? या दो–चार गुर्दे–कपूरे?

(लम्बी साँस खींचकर फुसफुसाते हुए)

भर पेट खा लो साहेब!

Rohit looks at him. Kallu gives a weird broad smile.

Sequence 7

A Magical Transformation at Midnight

30. INT. HALL–NIGHT

Rohit standing at the doorstep is watching the following quick activities inside the hall:

The three old men seem to have now been transformed into fast possessed creatures, amazingly rejuvenated.

One is dragging a chair with ease, another pushes a big table.

The Judge himself is dragging a long timber partition with an uncanny ease.

Mysterious sounds echo in the hall.

THE BLACK CAT runs beside an antique piece.

Kallu comes and clears away leftovers of drinks and snacks from the central table.

DISSOLVE TO

31. INT. COURT ROOM–NIGHT

The same space of the hall but now transformed into an improvised court-partly real, partly make-believe. The walls are largely unchanged. But the earlier furniture is re-arranged to suit a courtroom set. There is a witness stand, a table for the prosecution and defence lawyers and a raised platform for the judge.

The judge and lawyers are appropriately dressed.

The judge slyly smiles at Rohit wiping his face with a handkerchief. He places a hand on Rohit's shoulder:

जज : हैलो नौजवान! डिनर पसन्द आया?

रोहित ...अं...येस...सर...येस सर...! वो अच्छा था ...बहुत अच्छा था...! ...डिनर...

Judge studies his face. There is apprehension and anxiety on Rohit's face.

जज : अरे...कहीं तुम डर तो नहीं गये? हमारा ये कोर्ट रूम देख कर?

हा...हा...हा...! ये हमारा एक खेल है। सिर्फ़ एक गेम! दिल को बहलाने का बस एक ज़रिया। ...देखो नौजवान हम लोग बूढ़े हो गये। ...हमें आसानी से रात में नींद नहीं आती...! फिर इस जंगल में हम क्या करें? दिन में ब्रिज खेलते–खेलते बोर हो जाते हैं।

डीके : *(रोहित के पास आकर)*

नींद का कोटा तो हम दिन में ही पूरा कर लेते हैं। ...हह...हह...!

वैसे...सच बात तो ये है कि क़ानून भी एक एडिक्शन है। एक नशा। अफीम या ड्रग जैसा। जैसे कुछ लोग ड्रग एडिक्ट होते हैं, वैसे ही हम लोग लॉ एडिक्ट हैं। इतने साल हो गये रिटायर हुए, वो लत अब तक नहीं छूटी...

रन्धावा : हम लोग हर रोज़ एक नया केस गढ़ते हैं। बड़ा मज़ा आता है। ...एक ज़ोरदार ड्रामा।

Ranadhawa strolls and then suddenly peers into Rohit and says:

लेकिन सुनो मिस्टर रोहित कुमार धवन...! एक बात हम बता दे...! ...हम अपना ये खेल बहुत सीरियसली खेलते हैं। पूरी संजीदगी के साथ...जी जान लगा कर...

डीके : हम केस के एक–एक पहलू को अच्छी तरह से देखते हैं। ...उस पर डिस्कस करते हैं। ...क़ानून की एक–एक बारीक़ी और पेचीदगी की परतें हम खोलते हैं। ...

जज : हह...हह...हह...! नौजवान,...यही है हमारा गेम। एक मज़ेदार खेल। इसका नाम है–आधी रात की अदालत । दि मिडनाइट कोर्ट...

डीके : *(नर्म आवाज़ में)*

चाहो तो तुम भी खेलो। बड़ा मज़ा आयेगा। ...तुम एंजॉय करोगे, मैं शर्त लगाता हूँ।

...आज हमारा एक पार्टनर आया नहीं। उसकी कमी भी पूरी हो जायेगी...! ऑनेस्टली ...इट इज़ इंटेरेस्टिंग...

जज : क्यों नौजवान, क्या इरादा है?...क्या तुम खेलोगे?

रोहित : अ...अ...

Suddenly there is a ring from Rohit's mobile. He quickly takes it out from his pocket and rushes to a corner of the hall.

रोहित : हेलो...हेलो! बाबा...बाबा...हाउ आर यू?

तान्या : *(filtered voice)*

तुम ठीक तो हो...डार्लिंग? मुझे यहाँ डर लग रहा है...अकेले...!

रोहित : मैं ठीक हूँ... अच्छी कम्पनी मिली है मुझे यहाँ...जंगल के बियाबान में...there are just three खड़ूस men here... and one= ख़तरनाक hangman. और एक काली बिल्ली...

तान्या : *(filtered voice)*

स्टॉप किडिंग। ...सच–सच बताओ वहाँ कौन है तुम्हारे पास?...रोहित मुझे जानें कैसा लग रहा है?...प्लीज़ टेल मी रोहित ...व्हेयर आर यू?

रोहित : मैं सच बोल रहा हूँ बाबा! बिलीव मी..!! आय स्वियर...!!...ओह...ओह...

INSERT shows the warning ATTENTION! BATTERY LOW signal and then the screen goes completely blank.

Rohit stares at it helplessly.

रोहित : ओह नो...! चार्जर...चार्जर...! जज साहब...पब्लिक प्रॉसिक्यूटर साहब ...चार्जर होगा इधर? मोबाइल चार्जर...? नोकिया का...

डीके : *(मुस्कुराता हुआ)* सब कुछ है यहाँ! डोंट वरी! ...कल्लू बैटरी चार्जर ले कर आओ...फ़ौरन

Kallu rushes inside.

रोहित : थैंक यू! थैंक यू मिस्टर डीके! मैंने तो सोचा कि अब कार के साथ–साथ मेरा मोबाइल भी गया...

डीके : नहीं...नही। ...! कार भी कल तक ठीक हो जायेगी...। यू विल गेट ए मेकेनिक...! अच्छा अभी तुम बात किससे कर रहे थे? *(मुस्कुराते हुए)* यू वेर टॉकिंग सो नाइसली...

रोहित : मैं...मैं ...वो...बाबा से बात कर रहा था...! बाबा...! You know ...she is my wife...! She is waiting for me in Goa... *(smiles)* Today is our first marriage anniversary...

Kallu comes in, holding a huge 12 volt car battery charger on his shoulders. Rohit shouts in despair.

रोहित : ओह...ओह...!! ये क्या बला है?

Kallu dumps the battery there and rushes out. DK Narlikar notices Rohit's uneasiness and comes to him.

डीके : रोहित आर यू फीलिंग ऑल राइट? मुझे

सचमुच तुमसे बहुत हमदर्दी है! तुम्हारी वाइफ़ तुम्हारा इन्तज़ार कर रही है एंड योर मोबाइल इज़ गॉन...और आज ही तुम्हारी शादी की सालगिरह भी है!....आय अंडरस्टैंड योर एंक्जायटी...

डीके : हाँ, मैं सचमुच परेशान हूँ...! सचमुच...!!

Rohit looks dejected. DK comes and pats him.

रोहित : भूल जाओ सब कुछ! अब रात में तुम गोवा तो पहुँच नहीं सकते...! टेंशन मत लो...! वेट करो सुबह का....

चलो हम खेलते हैं खेल कोर्ट रूम का...

जज : तुम आज के मुक़दमे में वकील बन जाओ।

रोहित : लेकिन सर...मैं तो क़ानून के बारे में कुछ जानता ही नहीं...? ए बी सी भी नहीं...

रन्धावा : अच्छा तो तुम जज बनना चाहोगे..? हम लोग क़ानून के बारे में बहस करेंगे...और तुम्हारा दिल जो कहे वो फ़ैसला करो...

रोहित : ऐसा कैसे होगा सर? मैंने कहा न सर, क़ानून के बारे में ज़ीरो हूँ...! जज कैसे बन सकता हूँ! कुछ तो जानकारी होनी चाहिए...

डीके : *(धीमी आवाज़ में)*

अच्छा तो तुम मुज़रिम बन जाओ...

रन्धावा : गुड आइडिया डीके! ...मुज़रिम...। बिल्कुल ठीक!...रेपिस्ट...रेपिस्ट कैसा रहेगा?

डीके : क्या बात करते हो रन्धावा? इतना शरीफ़ ...पोलाइट आदमी...रेप जैसा एडवेंचर कैसे करेगा? ...बी रियलिस्टिक...

आय सजेस्ट...कोई छोटा–मोटा चोर या पाकेटमार...

रन्धावा : अरे डीके! ज़रा रोहित कुमार धवन के स्टेटस और टैलेंट का तो कुछ ख़याल करो...

A takes a sip from his glass and lights a cigarette.

आय वुड सजेस्ट...उसे एक बड़ा, नेशनल जालसाज़, चार सौ बीस! वो स्टाम्प घोटाले वाला तेलगी जैसा...ठग बनना चाहिए...!

रोहित : आप लोग इतना घटिया क्रिमिनल मुझे क्यों बनाना चाहते हैं?...मैं ऐसा रोल कभी सोच ही नहीं सकता...

डीके : अरे...ये तो खेल है माइ फ्रेंड! अच्छा चलो कोई मिनिस्टर बन जाओ...! वी वी आई पी!! ...या...अच्छा, ठहरो...अगर तुम कोई हीरोइक रोल करना चाहते हो, शिवेलरी और हिम्मत से भरा हुआ तो वीरप्पन बन जाओ और कोर्ट में सरेंडर कर दो! मैं वादा करता हूँ कि डिफेंस लायर की हैसियत से मैं तुम्हें बचा लूँगा...

रन्धावा : एन्काउंटर से भी बच जाओगे...ज़िन्दगी सलामत रहेगी तुम्हारी...

There is silence. Kallu presents something to the Judge on a tray.

जज : तो क्या फ़ैसला किया तुमने...?

रोहित : *(रोहित उलझन में है)* अ...अ...फ़ैसला? Believe me sir...मैंने कभी कोई छोटा–सा जुर्म तक नहीं किया...

डीके : रोहित...! दिस इज़ जस्ट अ गेम यार!! तुमने कभी कुछ तो किया होगा! याद करने की कोशिश करो...

रोहित : मैं आप से बिल्कुल सच कह रहा हूँ सर। प्लीज़ यक़ीन करिये...। ...मैं एक सीधा सादा, इज़्ज़तदार, शरीफ़ आदमी हूँ।

जज : अगर ये सच बोलता है तो मुझे ताज्जुब है कि आज के वक़्त में ये शख़्स इस दुनिया में अब तक ज़िन्दा कैसे है...

DK takes Rohit to a corner and says in a very sympathetic way:

डीके : रोहित! मेरी बात सुनो। डेवलप सम ट्रस्ट ऑन मी...मैन! मुझ पर भरोसा करो! देखो रोहित, मैं तुम्हारा डिफेंस लायर हूँ। मेरे साथ कोऑपरेट करो। मुझे कॉनफिडेंस में लो।

रोहित : मैं आपके साथ पूरा कोऑपरेट करना चाहता हूँ सर, टेल मी हाउ कैन आय हेल्प यू...? मैं क्या करूँ...

डीके : ओह! ओह! हेल्प तो मैं तुम्हारी कर रहा हूँ, तुम मेरी नहीं। सच और झूठ के चक्कर में मत फँसो...देखो तुम एक फ़र्ज़ी जुर्म मान लो...तुमको पता नहीं रन्धावा कितना ख़तरनाक वकील है। ही इज डेडली व्हेन ही इल इन फॉर्म!

DK takes a book and turns it pages.

डीके : ...अच्छा चलो, ये बताओ कि क्या तुम अपनी वाइफ़ से सचमुच बहुत प्यार करते हो?

रोहित : इसमें कोई शक है क्या? मैं उसके बिना जी नहीं सकता सर...!

डीके : सोच लो कभी तुमने अपनी बीवी से झूठ बोला हो या छुपाया हो...देखो हर हज़बेंड कुछ–न–कुछ अपनी बीवी से छुपाता ज़रूर है...

Rohit thinks for a moment and says:

रोहित : सर, मेरी ज़िन्दगी में ऐसा कुछ है ही नहीं जो मैं बाबा...आय मीन...अपनी वाइफ़ तान्या से छुपाता! वो तो कई बार जो चीज़ें भूल जाती जैसे अपना ही बर्थ डे, तो वो मैं उसे याद दिलाता हूँ...

डीके : ओफ़! मैं कैसे तुम्हें समझाऊँ? ऑफ़िस में कुछ घपला किया हो...झूठे वाउचर्स बनाये हो। ...या टूर पर जाकर कम्पनी के ख़र्चे में अय्याशी की हो... ऐसा हम सब करते हैं यही मान लो...

रोहित : मैंने कहा न...मैं एक ईमानदार ओनेस्ट आदमी हूँ। ...ऑफ़िस से मैंने कभी एक पेंसिल तक नहीं ली...अपने पर्सनल काम के लिए...

DK takes a notebook and places it in front of Rohit.

डीके : अच्छा चलो...! इफ यू आर नॉअ रेडी टु स्पीक आउट...तो इस नोट बुक में चुपचाप अकेले जो चाहो लिख दो!...ए प्रायवेट कनफेशन...! मैं उसी से कोई केस बना लूँगा...

DK keeps strolling, turning pages of

a book and looking at Rohit from the corner of his eyes.

Suddenly the Victorian wall clock strikes one O´clock.

Judge looks worried. He says loudly.

जज : एक बज गया। वक़्त बरबाद करने से कोई फ़ायदा नहीं। रोहित कुमार धवन इज़ नॉट अ माइनर। बच्चा नहीं है वह। वह एडल्ट है। और अपना भला–बुरा वह सोच सकता है!

The black cat jumps to Rohit's table. Rohit picks up the notebook suddenly and writes something. DK smiles. He comes and picks up the notebook. On the page he has written:

'मैं एक ईमानदार आदमी हूँ। मैंने कभी कोई जुर्म नहीं किया।'

DK turns to the Judge. the Judge smiles.

जज : हह...हह...!! चलो! आज हम इस मेहमान की ईमानदारी, सच्चाई और मासूमियत पर ही मुक़दमा चलाते हैं।

डीके : बोलो...! मंजूर है...

Rohit is remains silent. The judge takes his chair and strikes his mallet on table.

जज : *(ज़ोरदार आवाज़ में)*

आज की अदालती कार्रवाई शुरू की जाये...

Sequence 8

The Midnight Court

32. INT COURTROOM–NIGHT

Suddenly Kallu appears from the kitchen and produces a terrific sound.

कल्लू : मुज़रिम...रोहित कुमार धवन हाज़िर हो...!!

Rohit stands in the box. Judge strikes the mallet.

जज : मिस्टर पब्लिक प्रॉसिक्यूटर, आप मुवक्किल से अपने सवाल पूछ सकते हैं।

The public prosecutor RANDHAWA walks to Rohit holding the Geeta.

रन्धावा : तुम गीता पर हाथ रख कर कहो कि जो कुछ कहोगे सच कहोगे और सच के सिवा कुछ नहीं कहोगे

रोहित : *(गीता पर हाथ रख कर)*

सच के सिवा कुछ नहीं कहूँगा...

Kallu takes away the Geeta from him. Rohit's confident and self-assured expression is shown as he answers.

रन्धावा : तुम्हारा नाम...

रोहित : रोहित कुमार धवन...

रन्धावा : तुम करते क्या हो?

रोहित : कपूर मिनरल्स इंटरनेशनल कम्पनी प्राइवेट लिमिटेड में Chairman and Managing Director...

रन्धावा : इस पोस्ट पर तुम कब से हो...

रोहित : दो रोज़ पहले मेरा प्रमोशन हुआ...मुझे सीएमडी बनाया गया...

रन्धावा : इसके पहले कहाँ थे..?...

रोहित : इसी कम्पनी में था। मैनेजिंग डाइरेक्टर।

रन्धावा : ओह! उमर कितनी है तुम्हारी...?

रोहित : थर्टी।

रन्धावा : कम्पनी तुमने ज्वायन कब से की...

रोहित : पाँच साल पहले....

रन्धावा : किस पोस्ट पर ज्वायन किया था...पाँच साल पहले...?

रोहित : *(हिचकता है)*

सर, आय ज्वायन्ड ऐट अ लोवर लेवल...

रन्धावा : *(सख़्ती के साथ)*

किस पोस्ट पर...?

रोहित : *(हिचकते हुए)*

सर जूनियर ऑफ़िस एक्जिक्यूटिव...!

रन्धावा : हूँ! *(काग़ज़ पर कुछ नोट करता है।)*

इट इज़ स्ट्रेंज! पाँच साल पहले आप कम्पनी में निहायत लोवर लेवल की पोस्ट पर ज्वायन करते हैं। ...और पाँच सालों में स्ट्रेंज...??...अच्छा तुम्हें कुल कितने प्रोमोशन मिले...?

रोहित : *(सोचने लगता है। उँगलियों में गिनने की कोशिश करता है)*

पाँच...छह...सात...!...सात प्रोमोशन सर!

रन्धावा : *(मक्कारी के साथ मुस्कुराता हुआ)*
क्या ये एब्नॉर्मल नहीं है?

रोहित : *(गुस्से में)*
ये मेरी मेहनत और डेडिकेशन का नतीजा है। दिन–रात एक कर दिये मैंने कम्पनी के लिए। बीस–बीस घण्टे काम किया।
(जज की ओर घूम कर)
मी लॉर्ड, जब मैंने ज्वायन किया, उस वक़्त कम्पनी का कुल सालाना टर्न ओवर सिर्फ़ 60 करोड़ था, आज यह 800 करोड़ एनुअल का बिज़नेस कर रही है सर...! मेरा प्रोमोशन मेरी मेहनत के लिए कम्पनी द्वारा दिया गया तोहफ़ा है मी लॉर्ड। एक इंसेंटिव...

रन्धावा : *(ताली बजाता है)*
बहुत ख़ूब...! बहुत ख़ूब...!!

रोहित : *(चिढ़ते हुए)*
ये सच्चाई है...

रन्धावा : और ये भी सच है...कि तुम CMD=इसी वजह से बने।

रोहित : जी हाँ इसमें शक की क्या बात है? मैं हफ़्तों–हफ़्तों तक घर नहीं जा पाता था...! ऑफ़िस और कम्पनी के लिए बिज़नेस टूर पर जाना पड़ता था...बस यही मेरी ज़िन्दगी थी...

रन्धावा : *(मुस्कुराते हुए)*
अच्छा ये बताओ...जब तुम इस तरह काम करते थे...12–12 घण्टे...18 घण्टे...हफ़्तों बाहर रहते थे टूर पर कम्पनी के काम से...तो तुम्हारी पत्नी क्या कहती थी...

रोहित : क्या मतलब?

रन्धावा : तुम्हारी पत्नी क्या कहती थी...क्या वो एतराज़ नहीं करती थी...?

Rohit is silent.

रन्धावा की आवाज़

क्या कहती थी वो...

flashback begins...>>>

33. INT. ROHIT'S FIRST HOUSE–BEDROOM–NIGHT

We see a figure standing against a window, back to us... as the camera goes closer and we hear...

करुणा : हफ़्तों गुज़र जाते हैं तुम्हारी सूरत नहीं दिखाई देती इस घर में। रोहित, तुमने शादी ही क्यों की अगर फ़ेमिली के लिए तुम्हारे पास टाइम नहीं था तो?

She turns her face and we see her, close to tears.

34. INT. ROHIT'S OFFICE–NIGHT

Rohit is sitting at his office desk. The lamp on his desk is on.

रोहित : *(On phone)*

बस करुणा! जस्ट हैव लिटिल पेशंस ...एंड बियर इट फॉर सम टाइम!

(मुस्कुराकर उसे तसल्ली देता है)

मैंने तुम्हें बताया था ना, बस अगले महीने

मेरा प्रोमोशन हो जाये! बड़ी शानदार ट्रीट दूँगा तुम्हें...

35. INT. ROHIT'S FIRST HOUSE–BEDROOM–NIGHT

Karuna walks to the bed and sits down.

करुणा : मैं घुट जाती हूँ इस घर में अकेली...! हर बार तुम यही कहते हो।

मुझे दो दिनों से बुख़ार है रोहित! ये दीवारें मुझे खाने को दौड़ती हैं। लगता है मैं किसी जेल या हॉस्पिटल में हूँ!...क्या घर ऐसा ही होता है रोहित, जिसके सब लोग सपने देखते हैं?

रोहित : वी.ओ.

करुणा...! प्लीज़ डोंट गेट सेंटी! वो डॉक्टर भूटानी को फ़ोन कर लो...!

करुणा : ओह! यू हैव बिकम अ रोबो ऑफ़ योर कम्पनी! इन्सान नहीं। ...इन्सान जैसा एक मशीन...

She keeps the phone down.

<<<<< flashback ends

36. INT. MANSION COURT ROOM–NIGHT

Randhawa is staring at Rohit.

रन्धावा : मेरी बात का जवाब नहीं दिया तुमने!

रोहित : वो...करुणा मेरा पूरा साथ देती थी...मैं उसे

समझाता था कि मैं इतनी मेहनत क्यों करता हूँ।

रन्धावा : क्या तुम यह कहना चाहते हो कि तुम्हारे हफ़्तों हफ़्तों घर नहीं लौटने पर वह कभी एतराज़ नहीं करती थी? क्या तुम दोनों के बीच इतनी दूरियों के बावजूद एक गहरा रिश्ता कायम था? काफी समझदार है...वो...

रोहित : चौंक कर
जी! जी हाँ!

रन्धावा : मिस्टर रोहित कुमार धवन, क्या नाम बताया तुमने अपनी वाइफ़ का?

रोहित : करुणा!

रन्धावा : तो वो...आय मीन...करुणा...इस वक़्त गोवा के किसी होटल में तुम्हारे आने का बेसब्री से इन्तज़ार कर रही है...?

रोहित : *(संजीदगी और दुख के साथ)*
जी नहीं, करुणा अब मेरे साथ नहीं है...

रन्धावा : ओह! आय सी! यानी फाइनली डाइवोर्स हो गया...पहले वो आपको समझती थी फिर आपस में अनबन हो गयी और अब वो आपके साथ नहीं है। अब तुमने किसी और का अरेंजमेंट कर रखा है...और वो किसी होटल में तुम्हारा इन्तज़ार कर रही है...राइट!

रोहित : *(हकबका जाता है)*
नहीं सर! वो अब है नहीं। ...मेरा मतलब...करुणा की डेथ हो गयी।

रन्धावा : ओह...I see...?=कैसे?

रोहित : एक एक्सीडेंट में ...एक कार एक्सीडेंट में...

रन्धावा : और आप कैसे बच गये..?

रोहित : क्या मतलब...मैं उस वक़्त उसके साथ नहीं था...

रन्धावा : तो आप कहाँ थे उस वक़्त...

रोहित : मैं बेंगलुरु गया था कम्पनी के काम से...

flashback starts>>>

37. INT. BEDROOM. KARUNA APARTMENT–DAY

करुणा : मत जाओ ना रोहित...

रोहित : कपूर साहब ने बुलाया है...मीटिंग है हमारी ...कम्पनी के सारे जोनल ब्रांचेज़ की एनुअल बोर्ड मीटिंग...

करुणा : तुम स्किप नहीं कर सकते...ये मीटिंग? मेरे कहने पे...

रोहित : क्या बात करती हो तुम...? यू आर नॉट अ किड।

Rohit closes his brief case. He adjusts the knot of his tie. Karuna comes and holds him by his tie.

करुणा : रोहित...सच–सच बताओ! क्या सचमुच वो कम्पनी ही है जिसके लिए हफ़्तों–हफ़्तों तुम घर से ग़ायब रहते हो? मुझे छोड़ कर? ...प्लीज़ सच–सच बताओ...कोई और है क्या?

She starts crying.

करुणा : कौन है वो? बोलो...रोहित...

रोहित : *(झुँझला कर)*
ये क्या बकवास कर रही हो?

करुणा : मुझे सब पता है...तुम उससे छुप–छुपकर मिलते हो...कम्पनी के बहाने बना कर?... मिलते हो ना!

रोहित : फ़िज़ूल बातों के लिए मेरे पास टाइम नहीं है...

करुणा : कौन है वो बताओ...कौन है वो?

Rohit shakes her off, picks up his briefcase and moves.

रोहित : मैं जा रहा हूँ।

As he reaches the door she says:

करुणा : रुक जाओ रोहित...अगर तुम गये तो मैं भी चली जाऊँगी।

Rohit looks at her once and exits. As soon as the door shuts she screams:

करुणा : रोहित!!

38. EXT. BASEMENT OF BUILDING–EVENING

As he is about to sit inside the Lancer, Karuna shouts from the balcony:

करुणा : रोहित मैं जा रही हूँ...एंड आई मीन इट! अब मैं लौटकर कभी नहीं आऊँगी।...

He does not react and brushes her off. His car leaves.

Karuna comes rushing with a suitcase and sits in the other car.

This is an evidently an old car and she drives away in it.

39. EXT. ROAD–DAY

Karuna is driving very fast–speed touches 120kmph.

Shots of the car rushing... She is headed for disaster ...but does not seem to care.

..and it meets with a shocking accident. Falling off the cliff on a highway.

<<<<flashback over

40. INT. COURT ROOM– NIGHT

Rohit looks lost.

रन्धावा : हूँ...!...मिस्टर रोहित कुमार धवन! तुम बेंगलुरु कम्पनी के काम से नहीं, अपने काम से गये थे...! अपने कारनामे को अंजाम देने...? क्या ये बात सच नहीं?

रोहित : क्या कहना चाहते हैं आप..? मतलब क्या है आपका...?

रन्धावा : मतलब सीधा–सीधा ये है मिस्टर रोहित कि तुम बेंगलुरु गये थे क़ानून की आँख में धूल झोंकने के लिए...जो अब भी तुम कर रहे हो...!

रोहित : ये क्या बकवास है?...ये झूठ है!

रन्धावा : ये बकवास नहीं हक़ीकत है! ये सच है ...करुणा के साथ तुम्हारे सम्बन्ध इतने कड़वे हो चुके थे कि तुम उसे एक पल भी बर्दाश्त नहीं कर सकते थे...तुम उसे बार–बार मौत की तरफ़ ढकेल रहे थे...! वो तुम्हारे करियर और तुम्हारे एंबीशन के सामने बार–बार एक रोड़ा बन कर अटक जाती थी...

रोहित : क्या कह रहे हैं आप...? करुणा से मैं प्यार करता था...

रन्धावा : मेरी बात को तुम ग़ौर से सुनो, वो हर बार तुम्हें रोकती थी या नहीं। ...उसे घर में अकेलापन काटता था कि नहीं काटता था...लेकिन तुमने उसे इतना अकेला और इतना कमज़ोर कर डाला कि वो कभी भी सुसाइड कर सकती थी...

रोहित : सुसाइड?...करुणा ने कभी सुसाइड नहीं किया! ...इट वाज़ एन एक्सीडेंट?

रन्धावा : इट वाज़ ए सुसाइडल एक्सीडेंट माई लार्ड। साइकोलॉजी में इसे कहते हैं पुशिंग समवन टू डेथ...किसी को इतना मजबूर कर देना कि वो ख़ुद अपनी जान लेने पर मजबूर हो जाये...अपनी ज़िन्दगी ख़ुद उसे एक बोझ लगने लगे और वो आत्महत्या कर ले...करुणा के साथ एक्ज़ैक्टली यही हुआ...

रोहित : ये क्या बकवास है? करुणा का मर्डर क्यों करूँगा मैं...?...ये क्या पागलपन है?...उफ़ कहाँ फँस गया मैं?

...मैंने अपनी ज़िन्दगी में कभी कोई जुर्म नहीं किया। एक शरीफ़ और इज़्ज़तदार आदमी हूँ मैं!...बन्द करो ये ड्रामा!...नहीं खेलना मुझे ये खेल...

जज : *(हथौड़े को मेज़ पर पटकते हुए)*

ऑर्डर...ऑर्डर...ऑर्डर...!!

अदालत थोड़ी देर के लिए मुल्तवी की जाती है...!!

The court is adjourned for a break gentlemen...

DK swiftly takes Rohit aside with a sense of urgency and moves to another room.

डीके : रोहित आओ...! आओ मेरे साथ...

41. INT. DK ROOM–NIGHT

They enter a huge room which is very sparse. Just one table and two chairs in the center of the room, with one lamp hanging in the middle. No other objects in this room.

रोहित : क्या हो रहा है ये सब...!

डीके : देखो रोहित! समझने की कोशिश करो! ...तुम पर मर्डर का चार्ज लग गया है ...रन्धावा के जाल में तुम फँसते जा रहे हो रोहित! यू आर ट्रैप्ड...! तुम्हारी जान ख़तरे में है अब...यू विल बी चार्ज्ड अंडर 302 / 304 एंड 309 ऑफ़ आइपीसी...! अंडरस्टैंड...?

अगर तुम मुझे अब भी सच–सच बता दो, देन आय प्रोमिस ...आय विल सेव यू...रोहित ...मुझे सच बताओ...

रोहित : मैंने कोई मर्डर नहीं किया...

डीके : साफ़–साफ़ बताओ क्या हुआ था...करुणा के साथ तुमने क्या किया?

रोहित : मैंने? मैंने क्या किया? अरे करुणा को मैं क्यों मारूँगा?

...बहुत चाहता था मैं उसे...

flashback starts>>>

42. MONTAGE

1. A bunch of brightly coloured flowers completely fill the view and a soft tender hand moves them aside to reveal behind: a smiling tender face of a younger fresher Karuna than we have seen till now.
She rolls over and the camera rises higher to show the two of them lying on the green grass, Rohit next to Karuna.
2. A sweeping shot (*steadicam*) as we follow an ecstatic woman being chased on the beach. She seems cornered into the water. She stumbles and falls, laughing all the while, and it is Karuna. And now Rohit catches up with her and he succeeds in getting her completely soaked in the water.
3. In a coffee shop, they are sitting together. She seems to have freshly bathed, and they are sipping a drink.
4. At a panipuri stall, she stuffs a gol-gappa in his mouth.
5. A bunch of animated friends are with Rohit. Another similar bunch of girls with Karuna. They all seen to be joyous about the day. They all gather into a small room which looks like a government office. A register on the table and the board makes it clear:

Marriage Registrar's Office. They put their signatures.

All the above sequences are accompanied by a nostalgic and romantic musical score.

<<<FLASHBACK OVER

–interval–

–post–interval–

Sequence 9

The break atmosphere

43. INT. DINING AREA IN COURT ROOM–NIGHT

Rohit appears perturbed. He comes to the table and pours more than a normal peg into his glass. The Judge and DK smile.

Rohit gulps down the drink, and pours another one.

जज : तो नौजवान, अब तुम पूरी बोतल चढ़ाने लगे?...हह...हह...प्रॉसिक्यूटर रन्धावा ने तुमको इतना डरा दिया...कि...!!...हह.... हह....

Rohit empties the glass.

रोहित : *(आस्तीन से मुँह पोंछता हुआ)*

मैं दुनिया में किसी से डरता नहीं, जस्टिस मुखर्जी।

डीके : देखो हमारे नौजवान दोस्त! ये रन्धावा जिस शख़्स का नाम है न, उससे तुम तो क्या ईश्वर भी ख़ौफ़ खाता है।

जज : येस, यू आर राइट डीके...! रन्धावा तो

ईश्वर को भी अदालत में शैतान साबित कर दे...हह...बाय द वे...रन्धावा है कहाँ इस वक़्त?

Sequence 10

Kallu meets Tibetan Dwarf and digs

43. EXT. FOREST–NIGHT

In a swift single Steadicam low-angle shot (cat's POV), the camera follows THE BLACK CAT through a dark labyrinth-like corridor which finally opens on to a backyard where a gust of wind blows against the door and from where the graveyard, covered by hovering misty fog, can be seen. Music is ominous.

From the sounds *(of wind, munching, moving branches, some animal slithering...)*, a lot of activity seems to be on.

Someone (RANDHAWA) in a long gown and a pair of HIGH RUBBER MUD-BOOTS crosses the camera and we now we see clearly:

On one side, little away, the Urchin Woman is munching some unusual stuff, making horrendous sounds. She looks at the CAT sitting on the stone near her and smiles eerily.

From the left, Kallu enters and behind him a shadow of a human figure looms. He turns out to be the Tibetan dwarf. They talk in inaudible whispers. Both suddenly become silent and look at the stone where the CAT is sitting. They also look at the woman. All exchange uncanny looks, the Cat too. Kallu starts digging in the graveyard. . Tibetan dwarf helps by throwing away soil out of the ditch he is digging.

Sequence 11

The break continues

45. INT. COURTROOM–NIGHT

Randhava enters. He is wearing the same unusual long black gown, with HIGH RUBBER MUD–BOOTS as seen in previous scene, with mud patches on them. He bows to the Judge and while wishing others, takes off his shoes and hangs his gown on a chair's back.

डीके : ओह...यू नेम दि डेविल एंड डेविल इज़ हाज़िर...

रन्धावा : *(मुस्कुराकर)*

क्या क़बाब पक रहा है इधर मेरी ग़ैर–हाज़िरी में? लेकिन क़बाब पकेगा कैसे जब तक मसाला तैयार नहीं होगा...

और बकरा जब तक कटेगा नहीं।...

All, except Rohit, break into a laughter.

जज : सुनो रोहित कुमार! ...एक बार यहाँ तुम्हारे जैसा ही एक नौजवान आया था। ...उसकी भी कार रात में सड़क पर ख़राब हो गयी

थी। ...और वो भी इसी तरह चीख़–चीख़ कर कहता था कि उसने ज़िन्दगी में कभी चोरी से चाकलेट तक नहीं खाया!

डीके : ओ हो! वो आप 4 साल पहले उस राकेश मल्होत्रा की बात कर रहे हैं।...

जज : *(मुस्कुराकर)* एक्जैक्टली...! उसने तो हमारे प्रॉसिक्यूटर मिस्टर रन्धावा के भी पसीने छुड़ा दिये थे...!

रन्धावा : *(गिलास रखते हुए)*
हा...हा...मैं उसका चेहरा भूल नहीं पाता! कमाल का एक्टर था!

जज : *(मुस्कुराता है)*
उस रात...3 जुलाई सन् 1999! हमारा गेम अभी ख़त्म भी नहीं हुआ था कि पुलिस ने रेड कर दिया। ...उसकी कार उन्हें दिख गयी होगी सड़क पर। ...ओह कितना माल निकला उसके कार की डिक्की में से! ज़ेवर, डायमंड्स,...डॉलर्स...पॉवडर...

रन्धावा : और वेब्लेस्कॉट का वो शानदार छोटा–सा पॉइंट टू–टू रिवॉल्वर...जिससे उसने छह लोगों को उनकी ख़ुशहाल ज़िन्दगी से आज़ाद किया था...!!

रोहित : *(व्यंग्य से)*
तो...आप लोग प्रूव क्या करना चाहते हैं? कि जैसे वो चोर और क़ातिल था...वैसे ही मैं भी चोर और क़ातिल हूँ...?

रन्धावा : मिस्टर रोहित...तुम क्या हो...यह कुछ देर में सामने आ जायेगा...

Sequence 12

Taking care of the Car!

46. EXT. FOREST–NIGHT

Through the windscreen of a slowly moving red Octavia car we see: Branches break away as it moves on to reveal KALLU's back. A heavy rope is tied to his back and he is pulling the car with all his strength. The swishing of branches of trees due to a gusty wind.

The TIBETAN DWARF is sitting maneuvering the steering, peering ahead in the dark. And in the back seat, the URCHIN WOMAN is sitting, smiling away, showing white sparkling teeth in a dark face. And in her lap is: THE BLACK CAT.

The car stops. The Tibetan dwarf comes out of the car and goes to the boot from where knocks can be heard. He opens it. From there emerges a man. He is the petrol pump attendant. They greet each other silently.

The Octavia is again moving slowly,

pulled by Kallu, deeper and deeper into the dark forest.

Then the car stops. The Petrol Pump attendant gets under the car and shouts:

PETROL PUMP ATTENDANT

Bara number ka pana dena

The DWARF rushes with the tool. Loud sounds of metal clanging can be heard. The hitting sound finally overlaps with..

...the Judge hitting the mallet...and we hear..

जज : *(voice over)*

अदालत की कार्रवाई शुरू की जाय...!

Sequence 13

The Court Resumes

16. INT. COURT ROOM–NIGHT

जज : मिस्टर रन्धावा नाउ यू मे रिज़्यूम योर प्रॉसिक्यूशन...

रन्धावा : येस मी लॉर्ड!

He walks up to Rohit in the box.

रन्धावा : ...तो मिस्टर रोहित कुमार धवन, तुमने बताया कि जब तुम्हारी वाइफ़ करुणा का रोड एक्सीडेंट हुआ ...उस वक़्त तुम बेंगलुरु में थे...

रोहित : *(लापरवाही से)*

जी हाँ...

रन्धावा : और तुमने ये भी कहा कि वो एक एक्सीडेंट था, फ़क़त एक हादसा...क़त्ल नही...

रोहित : जी हाँ....

रन्धावा : तो मिस्टर रोहित कुमार धवन, *(मुस्कुराकर)* तुम तो अभी जवान हो, इतनी बड़ी कम्पनी में इतनी अच्छी पोस्ट पर हो...! ढेर सारे पर्क्स, भत्ते, सैलेरी...

...*(ठहर कर)*

हाँ! सैलेरी...? ओह मिस्टर धवन, क्या तुम अदालत को बताओगे कि कपूर ग्रुप ऑफ़ कम्पनीज़ में पिछले महीने आपका टोटल पैकेज कितने का था?

रोहित : क़रीब 3 lakh...

रन्धावा : गुड...गुड...! क्वाइट ल्युक्रेटिव...

(रोहित के क़रीब आकर शरारत के साथ फुसफुसाता है)

और...वो...आजकल अरेंजमेंट क्या कर रखा है...?

रोहित : क्या मतलब...? मैं समझा नहीं...

रन्धावा : मतलब? *(शरारत के साथ)* ...आजकल रातें कैसे गुज़रती हैं बिना बीवी के...अकेले अकेले...? कोई चक्कर चला रखा है क्या ...ऑफिस़ में...?

रोहित : ओफ़...कैसी बातें कर रहे हैं आप लोग...? इतने सीनियर होकर...

(बौखलाहट में धीमी आवाज़ में बड़बड़ाता है)...

ओफ़...कितना सड़ा हुआ दिमाग़ है इन खडूस बुड्ढों का...

जज : मुद्दई रोहित कुमार धवन को आगाह किया जाता है कि वह अदालत की रसूख का लिहाज़ रखें और अपने इमोशन को क़ाबू में रखें वर्ना कांटेम्प्ट ऑफ़ कोर्ट के तहत उन्हें सख़्त सज़ा दी जा सकती है...

DK comes close to Rohit and cautions him.

डीके : रोहित सुनो...इस कठघरे में तुम्हारी हल्की सी साँस ही नहीं, तुम्हारा दिमाग़ क्या सोचता है, उसकी आवाज़ भी इन सबको सुनाई देती है! समझे?

बी वेयर इन फ्यूचर...!!

DK returns to his seat and Rohit again errs–

रोहित : *(voice over–his thoughts)*

ओह कहाँ मैं फँस गया... इस जंगल में...?

ये अदलत है या पागलखाना...?

The Judge, DK and Randhava all react by their gaze, as if they have heard something.

Rohit notices their fixed gaze and nervously takes out his mobile from trouser's pocket and looks at it.

रन्धावा : तो रोहित कुमार धवन बताया नहीं तुमने कि आजकल रातें कैसे गुज़रती हैं तुम्हारी..?

रोहित : देखिए मिस्टर रन्धावा! मैं आप लोगों को पहले भी बता चुका हूँ मैं एक बहुत शरीफ़, ईमानदार और बहुत बिज़ी आदमी हूँ! इन सब वाहियात चीज़ों के लिए वक़्त नहीं है मेरी लाइफ़ में।

रन्धावा : दैट आय अंडरस्टैंड यंगमैन...! लेकिन... वो क्या है कि जो इन्सानी जिस्म है न, *(एक आँख दबाकर मुस्कान के साथ)* वो भी तो कुछ माँगता है!...वो क्या है कि... कनफ्लिक्ट...हो जाता है ना...कभी–कभी...! दिमाग़ में ईमान...और जिस्म बेईमान...

They laugh.

रोहित : देखिए, ...मैं कोई ऐयाश, डिबॉच, बूज़र, वूमेनाइज़र एटसेटरा नहीं ...जो आप समझ रहे हैं...

रन्धावा : देखो साइकोलॉजी कहती है...अगर जिस्म की भूख ना मिटाई जाय...तो दिमाग़ भी बाग़ी हो जाता है! किसी काम में मन नहीं लगता...कभी इधर चला कभी उधर चला ...और तुम पर तो कपूर ग्रुप ऑफ़ कम्पनीज़ की बहुत बड़ी ज़िम्मेदारी है...
सेक्स इज़ एट दि सेंटर ऑफ़ मैन्स पर्सनॉलिटी...! यू कांट डिनाइ इट!! रात में जब दिन भर का थका हुआ दिमाग़ और डिनर से भरा हुआ पेट नींद के आगोश में जाना चाहता है तब ठीक उस वक़्त इन्सान की जिस्मानी भूख अपना ख़ुराक माँगती है...कैसे मिटाते हो तुम अपने जिस्म की भूख, रोहित कुमार धवन?...अदालत को बताओ!!

रोहित : उसे मिटाने के लिए शरीफ़ लोग वेश्याओं या काल गर्ल्स के पास नहीं जाते, ये तो आप जानते होंगे मिस्टर रन्धावा?
फॉर योर काइंड इनफॉर्मेशन...मेरी रातें गुज़रती हैं। ...अपनी पत्नी के साथ...

डीके : बहुत ख़ूब...बहुत ख़ूब रोहित...कीप इट अप...

रन्धावा : लेकिन मैं कुछ समझा नहीं!...तुम्हारी पत्नी की तो डेथ हो गयी...वो ..स्युसाइडल कार एक्सिडेंट..?

रोहित : मेरी प्रेजेंट वाइफ़ का नाम तान्या है...और आज ही हमारी फर्स्ट वेडिंग एनिवर्सरी है...और अभी, ठीक इस वक़्त वो मेरा इन्तज़ार कर रही है। ...सी मेरीडियन, गोवा के स्यूइट नम्बर 302 में...

रन्धावा : *(काँइयाँपन के साथ मुस्कुराते हुए)* बहुत मीनिंगफुल नम्बर है उस स्यूइट का...थ्री...ज़ीरो...टू...

रोहित : रन्धावा की बात की अनसुनी करता हुआ मेरी तो किस्मत ही फूट गयी थी...अगर मेरी कार ख़राब न होती और मैं इस जंगल में न फँसता...तो इस वक़्त मैं इस पाग... सॉरी...कोर्ट में नहीं उसी के पास गोवा में होता...

Rohit seems tired now and DK is sympathetic.

रन्धावा : *(घूरते हुए)* अच्छा...? ओह! दिस इज़ ए न्यू टर्न? तुम्हारी ये दूसरी शादी कब हुई? तुमने तो बताया ही नहीं?

रोहित : एक साल पहले..। आय टोल्ड यू टु डे इज़ अवर फर्स्ट वेडिंग एनिवर्सरी...

रन्धावा : *(ताली बजाते हुए)* ओह...बधाई...कांग्रेच्युलेशन्स...यानी दूसरी पत्नी इस वक़्त गोवा में आपका इन्तज़ार कर रही है। ...बाय द वे...तुम्हारी नयी वाइफ़ का पूरा नाम क्या है...?

रोहित : तान्या! तान्या कपूर...

रन्धावा : उम्र...

रोहित : 20 साल।

रन्धावा : *(अपने माथे को उँगलियों से ठोंकता हुआ टहलता है)* ...ऊँ...ऊँ...ऊँ...तानिया कपूर... तानिया...कपूर...कपूर...!! नाम कुछ जाना पहचाना–सा लग रहा है...ता..नि...या... *(अचानक रुक कर)* मिस्टर धवन, तुम किस कम्पनी में काम करते हो...?

रोहित : कपूर ग्रुप ऑफ़ कम्पनीज़ में...

रन्धावा : आइ सी...! *(ढोंग करते हुए)*...क्या तानिया कपूर का कोई वास्ता इस कपूर ग्रुप ऑफ़ कम्पनीज़ से भी है?

रोहित : *(चिढ़कर)* इसमें इतना दिमाग़ लड़ाने की क्या बात है। तानिया इस कम्पनी की प्रोप्रायटर्स में से हैं पी.के. कपूर की बेटी....

रन्धावा : ओहो...तो ये शादी कपूर साहब की ब्लेसिंग्स के साथ हुई...उसके माँ–बाप की मर्ज़ी से ...आइ मीन कपूर साहेब ने तुम्हें एक साथ अपनी कम्पनी का टॉप एक्जिक्यूटिव और दामाद चुना...? यू आर एक्स्ट्रीमली लकी गाइ...!! वंडरफुल...

रोहित : जी...जी...! हमारी मैरिज के वक़्त कपूर साहब नहीं थे...

रन्धावा : कहाँ चले गये थे वे...?

रोहित : उनकी डेथ हो चुकी थी...

रन्धावा : हू...!...कैसे...?

रोहित : हार्ट अटैक से...

रन्धावा : आपको पता था कि वो हार्ट पेशंट थे...

रोहित : जी...हाँ। ...उनकी बाईपास सर्जरी होनी थी लेकिन अचानक वो साउथ अफ्रीका के टूर से लौटे और सडनली उन्हें अटैक आ गया...और वो नहीं रहे...

रन्धावा : आप कब से जानते थे तान्या को? आय मीन तान्या कपूर को...?

रोहित : देखिए जो आप सोच रहे हैं ऐसा कुछ भी नहीं है...ये हमारी लव–मैरिज है...मैंने उसे अगवा करके...या ज़ोर ज़बरदस्ती से शादी नहीं की।

रन्धावा : मेरे सवाल का जवाब दो?

रोहित : कौन–सा सवाल?

रन्धावा : तुम तान्या को कब से जानते थे?

रोहित : जब से मैंने ये जॉब ज्वाइन किया और कपूर साहब के यहाँ आने–जाने लगा...

रन्धावा : यानी पाँच साल पहले से! *(माथे पर सिलवटें)* यानी तब से जब तानिया कपूर सिर्फ़ पन्द्रह साल की थी!

योर ऑनर मैं ध्यान दिलाना चाहता हूँ एकॉर्डिंग टु साइकोलॉजिस्ट्स...किसी भी लड़की या लड़के की ज़िन्दगी की एक बहुत नाज़ुक, बहुत सेंसेटिव उम्र! अडॉलेसेंस! एक टर्निंग प्वायंट। किसी चाइल्ड के एडल्ट बनने की ओर, बचपन से मेच्योरिटी की ओर एक बहुत नाज़ुक क़दम...*(ठहाका मारकर हँसता है और रोहित की ओर देखकर कहता है)*...ऐसी उम्र कि लड़की न कली न फूल...

Rohit is irritated. DK rises.

डीके : आय ऑब्जेक्ट योर ऑनर...

जज : ऑब्जेक्शन सस्टेंड!...कम टु दि प्वाइंट मिस्टर रन्धावा!

रन्धावा : आयम सॉरी योर ऑनर! लेकिन मैं अदालत का ध्यान इस ओर खींचना चाहता हूँ कि 15–16 साल की उम्र वो उम्र होती है जब हर लड़की अपने ख़्वाबों की दुनिया में जीती है...! अपना आइडियल, अपना हीरो और अपना रोल मॉडल बनाती है...! यह एक निहायत कच्ची और नाज़ुक उम्र होती है सर...

डीके : लेकिन मिस्टर रन्धावा आपकी इस साइको–एनालिसिस का इस केस से क्या रिश्ता है?

रन्धावा : है...एक अहम रिश्ता है!! *(रोहित की ओर घूम कर)* तुम पहली बार कब और कहाँ मिले तानिया कपूर से?

रोहित : मी लॉर्ड, मेरे और तान्या के रिश्ते में ऐसा कुछ भी नहीं है, जिसे छिपाने की ज़रूरत हो...! आय हैव नथिंग टु हाइड मिस्टर पब्लिक प्रॉसिक्यूटर...! सुनिये आप लोग...

Sequence 14

Rohit narrates his version

flashback starts>>>

The style is brisk with lots of moving atmospheric shots as Rohit narrates. Many shots of the action and place are taken in a lively dynamic style ...steadicam is used often

48. A. INT. OFFIC–DAY

VOICE OVER OF ROHIT

कैसे भूल सकता हूँ
मैंने जब ज्वाईन किया तो कपूर साहब ने ही मेरा फाइनल सलेक्शन किया था।
Kapoor is shaking hands with Rohit and welcoming him to KGC.

B. INT. OFFICE–DAY

In a very wide shot, we see an office interior. Lots of glass. We can see peple at their desks and people crossing with documents and files.
Rohit is seen working at his desk.

V.O. OF ROHIT

काम मैं दिल लगा कर करता था। वैसे भी मैं मेहनती इन्सान हूँ। अपने डेस्क पर कोई काम पेंडिंग नहीं छोड़ता था। ...औरों की तरह मेरी निगाहें ऑफ़िस की दीवाल घड़ी पर नहीं, अपने काम पर लगी रहती थीं।

DISSOLVE TO

Same frame. Fewer people now.

DISSOLVE TO

49. INT. OFFICE–NIGHT

Again the same frame. It is now night–lamps have come on. Hardly anyone is seen, except Rohit still at his desk with a table-lamp on.

Mr PK Kapoor, as he is closing his cabin, notices Rohit. He goes up to him. Rohit gets up.

कपूर : *(एप्रिशिएशन में मुस्कुराते हुए)*
रोहित घर जाओ...रिलैक्स करो...! इट इज़ नाउ लेट...

रोहित : बस...बस सर! ज़रा–सा काम बाक़ी है। मेरी चिन्ता ना करें सर...! मैंने घर फ़ोन कर दिया है...!

कपूर : ओ.के. मैं चलता हूँ...! टेक केयर!

रोहित : ओ.के. सर....! गुड नाइट!!

50. EXT. FIVE STAR MAIN ENTRANCE–NIGHT

VOICE OVER OF ROHIT

कपूर साहब अपने सारे प्रॉब्लम्स मेरे साथ शेयर करने लगे थे...

Silent atmospheric shots with movement, with VOICE OVER and MUSIC: Rohit is seen coming out of the Mercedes with Mr. Kapoor and they enter the hotel lobby.

51. INT. ENTRANCE TO BAR–NIGHT

They are now entering the bar through the door. They go in...

52. INT. FIVE STAR BAR–NIGHT

...and settle down. In gestures, they order something to the waiter.

Then the sound of their talk resumes:

कपूर : रोहित आय हैव नॉट मेट अ परसन ऑफ़ योर केलिबर एंड डिवोशन इन दीज़ मेनी ईयर्स...मैं चाहता था काश कोई ऐसा मैनेजर हो...जिस पर मैं ट्रस्ट कर सकूँ...

रोहित : ओह! थैंक यू सर! आप तो मुझे शर्मिन्दा कर रहे हैं। मैं तो जस्ट अपनी ड्यूटी पूरी करता हूँ। और उसके बदले आय गेट माइ सैलेरी ऑन टाइम, सर...!

कपूर : सैलेरी तो रोहित और भी लोग लेते हैं, और तुमसे भी ज़्यादा...एनी वे...

The waiter places the drinks on the table and leaves.

कपूर : डु यू नो रोहित, यू आर दि फर्स्ट एंप्लाई इन कपूर ग्रुप ऑफ़ कम्पनीज़, आयम शेयगिंर माइ ड्रिंक्स विद...

Kapoor hands over a glass to Rohit.

रोहित : ओह! आयम सो ऑनर्ड सर...!

कपूर : *(सीरियसनेस के साथ)*

मैंने तुम्हें यहाँ किसलिए बुलाया रोहित. ..मालूम है.?...एक बहुत ही इम्पोर्टेंट डिसीज़न लेना था...बट आयम ए बिट कनफ़्यूज़्ड...

हमारी कम्पनी को एक ऑफर आया है...

रोहित : *(अटेंटिव हो जाता है)*

येस सर?

कपूर : अगर हम लैपटॉप और डेस्कटॉप कम्प्यूटर्स के लिए इंटरनेशनल क्वालिटी एलसीडी स्क्रीन बनाने का प्लांट लगा दें तो कम्पनीं साल भर में 200 करोड़ का टर्नओवर हासिल कर सकती है...

रोहित : एलसीडी का मार्केट तो ग्रो कर रहा है सर...! पोटेंशियल तो है इसमें...

कपूर : लेकिन इसमें एक रिस्क है...बहुत बड़ा...

रोहित : वो क्या सर?

कपूर : देखो हमारे ओवरसीज़ क्लाएंट्स का अभी तक हमारे पास कोई पक्का ऑर्डर नहीं है। सब का सब सिर्फ़ ज़ुबानी है...! अगर हमारे एलसीडी स्क्रीन की मैनुफैक्चरिंग में ज़रा भी डिफेक्ट हुआ...और क्वालिटी

इनफीरियर हुई तो कम्पनी विल सफर हैवी लॉसेज़!

....वो कॉफ़ी मशीन के एक्सपोर्ट वाले केस में जो 100 करोड़ का घाटा बैठा, वो तुम्हें पता है न?

रोहित : वो तो सर पूरी मिसहैंडलिंग और कैलसनेस का नतीजा था। वी आर नॉट गोइंग टु रिपीट दैट ...सर!

कपूर : तो तुम्हारा क्या कहना है?

रोहित : मेरा तो कहना है सर कि अगर हमें एक्सपोर्ट का ऑर्डर नहीं भी मिला...तो हम एलसीडी स्क्रीन की मार्केटिंग यहीं कर लेंगे! इंडियन मार्केट में भी इसकी डिमांड बढ़ रही है सर...! आयम कॉनफिडेंट सर...

कपूर : ओके! देन...शुड वी गो फॉर इट?

रोहित : येस सर! विदाउट इवेन थिंकिंग ट्वाइस अबाउट इट....

He raises his glass as does Rohit.

कपूर : चियर्स! तो कपूर ग्रुप ऑफ़ कम्पनीज़ में एक और नया वेंचर ...! एक नया टर्निंग प्वाइंट...

एंड फॉर इट...आय कांग्रेच्युलेट यू मिस्टर ...रोहित कुमार धवन...

He hands over an envelope to Rohit.

...फ्रॉम टु डे...अवर न्यू मैनेजर

रोहित : ओह...! ओह! ...आइ कांट बिलीव सर...!! थैंक यू सर...

They shake hands. Rohit is moved to tears with happiness.

53. INT. KARUNA APARTMENT–DAY

While V.O. of Rohit is on, we see images of Karuna and Rohit getting ready to go out, moving out in their car, doing window shopping and finally sitting in a restaurant.

VOICE OVER OF ROHIT

मेरे सजेशन से कम्पनी को बेतहाशा फ़ायदा हुआ...! हम एलसीडी स्क्रीन के मार्केट पर छा गये। इंडियन ही नहीं, वेस्टर्न मार्केट से भी हमें ख़ूब ऑर्डर्स मिले...और कपूर ग्रुप ऑफ़ कम्पनीज़ का टर्न ओवर 200 करोड़ नहीं, 500 करोड़ तक जा पहुँचा... ...कपूर साहब ने मुझे कम्पनी का जनरल मैनेजर बना दिया! मेरा एक ऐसा सपना पूरा हुआ, जिसे देखने की हिम्मत भी मैं पहले नहीं कर सकता था...मेरी ज़िन्दगी के सबसे हसीन लमहे...

अपनी कामयाबी और प्रोमोशन को सेलिब्रेट करने के लिए मैंने करुणा को डिनर पर बाहर ले जाना चाहा...। संडे का सुहावना दिन था। छुट्टी का दिन।

1. Karuna getting ready before the dressing table. Rohit is washing his face in the bathroom. The landline phone rings.

2. Karuna emerges wearing a Saree and Rohit nods his head as if not liking it. She goes back. The phone rings again.

3. Karuna emerges in a shalwar kameez and Rohit is dressed in a suit. The phone rings for the third time and they simply rush out of the house.

4. Rohit and Karuna in a good mood, she is all smiles as they sit in the car. Now the mobile phone which was lying in the car starts ringing. Rohit picks the phone and sees: BOSS

Karuna gestures that he should not take the call.

5. As they are about to enter a restaurant, the phone again rings.

रोहित : Boss ka hai...baat kar leyta hun...
Rohit takes the call.

कपूर : *(filtered voice)*
रोहित...हेलो रोहित।

रोहित : येस सर! गुडमॉर्निंग सर...!!

कपूर : *(filtered voice)*

रोहित : अभी तक तुम थे कहाँ? देयर वाज़ नो ऑन्सर...? लैंडलाइन में भी नहीं...

रोहित : सॉरी सर! वो क्या है कि मैं मोबाइल कार में ही छोड़ गया था।

कपूर : *(filtered voice)*
मैंने तुम्हें डिस्टर्ब तो नहीं किया ना? संडे का दिन है आज...

रोहित : ओह? नहीं सर!

कपूर : *(filtered voice)*
ओके...!...क्या तुम अभी आ सकते हो?

रोहित : अभी?...येस सर! येस सर!

कपूर : *(filtered voice)*

अच्छा...सुनो घर पर आना है...नॉट इन ऑफ़िस...ओके...?

रोहित : मैं पहुँचता हूँ सर!

Karuna is not too pleased about this.

रोहित : जाना ही पड़ेगा करुणा। ...ऐसा करो तुम कार से लौट जाओ ...मैं कोई टैक्सी ले लेता हूँ...!

करुणा : नहीं! तुम मेरी फ़िक्र मत करो...! मैं चली जाऊँगी!

As he is leaiving Rohit is genuinely apologetic.

रोहित : सॉरी करुणा...! लेकिन मैं जल्दी लौट आऊँगा। तुम तैयार रहना। अपन शाम को डिनर पर चलेंगे...! प्रॉमिस!
...अच्छा...! टेक केयर...
यार तुम कार ले लो ना...

करुणा : *(झुँझलाते हुए)*
रोहित! डोंट वरी अबाउट मी...! तुम जाओ! बस जल्दी आना...!...बाय...

54.EXT/INTROAD+CAR–DAY (EVENING)

Rohit as he drives the car.

VOICE OVER OF ROHIT

उस दिन पहली बार मैं कपूर साहब के घर गया था...और फिर वहाँ तान्या को जानने और उससे मिलने का सिलसिला शुरू हुआ।

55. INT. KAPOOR'S HOUSE–EVENING

VOICE OVER OF ROHIT

मैं जब वहाँ गया तो कपूर साहब गार्डेन में बैठे मेरा ही इन्तज़ार कर रहे थे।

कपूर : आओ, आओ रोहित! तुम हमेशा कम्पनी के लिए एबलेबल रहते हो! मुझे तुम्हारी यही ख़ासियत पसन्द है।

रोहित : ओह, थैंक यू सर...

कपूर : रोहित...मैंने बहुत अर्जेंसी में तुम्हें बुलाया है। बट आयम हेल्पलेस...किसी और पर भरोसा भी तो नहीं कर सकता...! अच्छा, मैंने तुम्हें डिस्टर्ब तो नहीं किया ना?

रोहित : नहीं सर...! माइ कम्पनी इज़ आल्वेज़ माइ फर्स्ट प्रायरिटी ..! आप बताएँ सर...

कपूर : ओके...! रोहित, वो जो सरकारी टेंडर वाला प्रोजेक्ट है ना?

रोहित : अच्छा वो माइनिंग यूनिट्स वाला? लेकिन उसमें क्या प्रॉब्लम है सर?...हमारा तो इसमें कोई कंपटीटर ही नहीं...!

कपूर : है! रोहित...! मुझे अभी एक इनसाइडर से पता चला है कि किसी ने अपना टेंडर बहुत लो करके डाला है। क्या हम उससे लो जा सकते हैं?

रोहित : *(परेशान हो जाता है)*

फॉर दैट वी हैव टु डू प्रॉपर स्टडी सर!

कपूर : वो तो ठीक है...बट वी हैव टु किल दैट टेंडर...और कल ही आख़िरी तारीख़ है!

रोहित : सर! मैं आज ही रात सारी कॉस्ट एनालिसिस की पूरी स्टडी कर लूँगा... और कल मॉर्निंग के फर्स्ट आवर में टेंडर सबमिशन के लिए रेडी होगा सर!

कपूर : आर यू श्योर?

रोहित : येस सर! तो सर मैं चलूँ? ऑफ़िस से मुझे डाक्युमेंट्स भी उठाने होंगे...

As Rohit gets up to leave, Mrs. Kapoor enters, with a two files...

मिसेज़ कपूर : डाक्युमेंट्स के लिए तुम्हें ऑफ़िस जाने की ज़रूरत नहीं। तुम बैठो बेटा...! कुछ खा लो।

रोहित : थैंक यू...अभी माफ़ी चाहूँगा। फिर कभी....।

As he is about to start the car, he sees Tanya. She has a sports bag in hand as if she is going to the gym.She is upset that her driver has not yet come and she comes towards him.

तान्या : वुड यू ड्रॉप मी ऐट गैलेक्सी प्लीज़...

रोहित : श्योर...श्योर!

56. INT. KARUNA APARTMENT–EVENING

Rohit briskly enters the room with the two files and sits at his desk. He turns over the pages and works on the computer. Then he notices Karuna.

रोहित : ओह! सॉरी करुणा! बहुत अर्जेंसी का काम है। रात भर में टेंडर तैयार करना है।...कल ही लास्ट डेट है।

करुणा : *(डिसअपायंटेड होकर)*

वो तो मुझे पहले से ही अन्देशा था। ...एनी वे, रात का खाना तो मैंने बनाया नहीं ...!

रोहित : बना लो कुछ भी...! या वो होम डिलीवरी वाले को फ़ोन कर दो ना?

करुणा : नहीं मैं ही बना देती हूँ...

57. EXT. KAPOOR'S HOUSE– EVENING

VOICE OVER OF ROHIT

हमारा टेंडर पास हो गया। कम्पनी को फ़ायदा हुआ। और कपूर साहब का भरोसा मुझ पर बढ़ता गया। वे अक्सर मुझे अपने घर बुलाने लगे।

Rohit arrives at Kapoor's House. Mr. and Mrs. Kapoor are sitting in the lawn.

कपूर : आओ .आओ रोहित...! बैठो...!

रोहित : सॉरी सर, आने में थोड़ी देर हो गयी। ...वो साइट पर ही देर हो गयी...

कपूर : काम कैसा चल रहा है?

रोहित : बहुत अच्छा सर! वो पॉवर की प्रॉब्लम थी...! सॉल्व हो गयी।

मिसेज़ कपूर : सॉल्व कैसे न होती? तुम जो वहाँ थे...

Mrs. Kapoor smiles and pushes the snacks tray towards Rohit.

मिसेज़ कपूर : आजकल हर रोज़ हमारे यहाँ तुम्हारी ही बातें होती हैं बेटा! तुम न होते तो कम्पनी की इतनी ग्रोथ न होती...

रोहित : नहीं, नहीं! मैंने तो बस ज़िम्मेदारी निभाई! *(हँसता है)* इसी की तो सैलेरी मुझे मिलती है।

मिसेज़ कपूर : नहीं बेटा! ईमानदारी भी कोई चीज़ होती है। *(कपूर की ओर देख कर)* इनका तो दिल बच्चों जैसा है। चट से किसी पर भी भरोसा कर लेते हैं। अब वो सक्सेना, जिसने रोहतास कम्पनी से मिलकर सारी साजिश रची, उस पर ये कितना भरोसा करते थे...

Tanya enters.

कपूर : देखो बेटे! ये हैं रोहित! हमारी कम्पनी के सबसे कंपीटेंट और रिलायबल एंप्लायी...

तान्या : हाँ मैं जानती हूँ। पापा हमेशा इनकी तारीफ़ करते रहते हैं। नमस्ते...! एंड कांग्रेच्युलेशन्स फॉर योर प्रोमोशन...

रोहित : थैंक यू...!

Tanya starts preparing tea. Rohit notices her.

तान्या : कितनी शुगर लेंगे आप...?

रोहित : अ...अ...बस ठीक ठाक...

she adds the sugar

तान्या : ओ के! ...ये एक ठीक...और ये दो ठाक...

All of them sitting there in the lawn, amused at this ...as we dissolve to:

58. INT. KAPOORHOUSE – AT DINING TABLE – NIGHT

Mr. and Mrs. Kapoor, Rohit and Tanya at the dining table.

Tanya serves Rohit a dish even as he is reluctant.

मिसेज़ कपूर : अरे, क्या कर रही है बेटी?...

कपूर : रोहित ले लेगा ना, जो उसे लेना होगा...!

मिसेज़ कपूर : पहले तू तो ठीक से खा...

तान्या : ममा! आप ही कहती रहती हैं ना कि मैं कोई काम नहीं करती...अब डिनर सर्व कर रही हूँ तो वो भी नहीं करने देती...

Rohit smiles.

Tanya takes a bowl and puts kheer in his plate.

तान्या : अब आप इस खीर का लुत्फ़ उठाइये...

रोहित : लगता है इससे ज़्यादा खीर इस बाउल में आ भी नहीं सकता था...

तान्या : ही ही...लगता है खीर पसन्द नहीं आपको...? तो क्या पसन्द है आपको...?

रोहित : मुझे पसन्द है फ्रूटक्रीम...और सेवई और बेंगाली रोसोगुल्ला...

59. EXT. LAWN OUT SIDE KAPOOR'S HOUSE - DAY (EVENING)

Rohit is sitting with Mr. Kapoor. Behind them Mrs. Kapoor is tending to the plants.

मिसेज़ कपूर : ए...! देखो इधर! डेहलिया ने कितने सुन्दर फूल दिये हैं इस बार...!!

Tanya comes near Mr. Kapoor.

तान्या : पापू...! इनको बोल दो ना...मुझे शॉपिंग करा लायें! बोल दो ना पापू...

कपूर : नहीं बिल्कुल नहीं! रोहित टेक्स हिज सैलेरी नॉट टु एंटरटेन यू ..!

तान्या : पापू...! मैं आपसे नहीं बोलूँगी....

मिसेस कपूर : जाने दो ना! सुबह से पीछे पड़ी है। पता नहीं क्या–क्या ख़रीदना है इसे....

कपूर : ठीक है जाओ! लेकिन रोहित को सही सलामत लौटा लाना...!

तान्या : थैंक यू पापू! थैंक यू पप्पू डार्लिंग!

Rohit and Tanya leave.

मिसेज़ कपूर : मैं तो यूँ ही कह रही थी और आपने सचमुच तान्या को भेज दिया...

कपूर : तो क्या हुआ...रोहित को मैं जानता हूँ ...शादीशुदा है, बहुत मेच्योर है...सुलझा हुआ। ...फ़िज़ूल बातों के लिए उसके पास टाइम ही कहाँ है...? तुम भी ना...कभी–कभी अजीब तरह से सोचती हो!

60. EXT. CITY ROAD–EVENING

Tanya is driving the car very fast. Rohit looks anxious. Tanya giggles.

तान्या : ...थोड़ी स्लो है ना?...

She presses the accelerator and the speedometer shows 100.

रोहित : तान्या! केयरफुल...!

She drives faster...110... 120. He looks more worried. The car spins and comes to a halt. He breathes a sigh of relief.

The car has stopped before a shopping mall. As they emerge, three girls come towards them.

लड़कियाँ : हेलो तान्या...!! हाइ तान्या!

तान्या : ये निवेदिता है, एरोमा, ये केट...कैथरीन, मेलोनी और ये छुटकी...सॉरी इसका नाम ...है...ए...ए...ए...छुटकी।

All start giggling.

तान्या : और ये हैं रोहित कुमार धवन। कपूर ग्रुप ऑफ़ कम्पनीज़ के VP

मेलोनी : ऑल दि टाइम शी टॉक्स अबाउट यू...

एरोमा : इससे सँभल के रहना, बड़ी ख़तरनाक चीज़ है ये।

VOICE OVER OF ROHIT

तान्या से जब पहचान हुई, मैंने उसे कभी उस तरह से नहीं देखा। वह थी भी बहुत छोटी। सिर्फ़ एक दोस्त ही समझा। एक अच्छी–सी, छोटी–सी दोस्त।

61. INT. SHOPPING MALL–DAY

Tanya is looking at dresses at a counter.

तान्या : ये कैसा है? कितना अलग है ना?

Does not look so interesting to Rohit.

तान्या : लुक...! बिल्कुल बिंदास! है ना?

Rohit makes a face as if he did not like it.

तान्या : क्यों? इसमें क्या फाल्ट है? कितनी अच्छी है...!

रोहित : कुछ तो फेमिनाइन touch हो...

तान्या : फेमिनाइन से क्या मतलब आपका...? वो साड़ी, लहँगा टाइप...?

रोहित : नहीं...कॉकटेल ड्रेस...that is still feminine.

Oh he is really impossible.

तान्या : अच्छा! बाय द वे, कलर कौन–सा पसन्द है आपको?

Rohit notices she is wearing a blue dress.

रोहित : पिंक...

Tanya makes a face.

तान्या : पिंक...!!

इसका मतलब...आय हैव टु रोटेट माइ सेल्फ 180 डिग्री वर्टिकल...!

रोहित : क्या?

तान्या : लेट्स गो...

62. INT. KARUNA APARTMENT–MORNING

VOICE OVER OF ROHIT

धीरे–धीरे वक़्त गुज़रता रहा। तान्या अब बड़ी हो रही थी और मैं उसके भीतर, उसके व्यवहार में, एक बदलाव देख रहा था। कई बार मैं ख़ुद उलझन में पड़ जाता। लेकिन मेरे मन में कोई और ख़याल कभी नहीं आता था।

The phone rings and Karuna takes it.

करुणा : हेलो...

तान्या : हेलो दीदी...मैं तान्या बोल रही हूँ...क्या मैं रोहित से बात कर सकती हूँ।

करुणा : रोहित तुम्हारा फ़ोन...!

रोहित : हेलो...येस...तान्या क्या बात है...?

तान्या : रोहित, क्या अभी तुम आ सकते हो?

रोहित : इतनी सुबह? सब ठीक तो है? पापा ने बुलाया है क्या?

तान्या : क्यों क्या तुम्हें सिर्फ़ पापा ही बुला सकते हैं, मैं नहीं? प्लीज़ कम...ओ.के.?

रोहित : अच्छा! मैं आ रहा हूँ...

Karuna is laying down the breakfast at the table.

करुणा : क्या हो गया? लगता है अब तुम्हारा ऑफ़िस टाइम बदल गया....

Rohit is quietly having cornflakes with milk.

63. EXT.MONUMENT - DAY

Rohit's car stops before a monument. Tanya appears, she is wearing a pink cocktail dress. In one hand she carries a box of *Rasgollas.*

MONTAGE

Shots of Rohit and Tanya in the car. Different spots in the city. Growing intimacy between them.

64. INT. RESTAURANT–NIGHT

Tanya and Rohit are sitting in a restaurant.

तान्या : ...रोहित आई नो यू हैव डीप लव फॉर करुणा दीदी...बट ...वी कैन स्टिल बी फ्रेंड्स।

उसकी आँखों में आँसू छलक आये हैं।

रोहित उसे हमदर्दी के साथ देखता है और अपना हाथ मेज़ पर उसके हाथ के ऊपर रख देता है।

रोहित : व्हाइ नॉट तान्या?...वी आर फ्रेंड्स!

65. MONTAGE–ROHIT IS LONELY

A series of shots of Rohit underlining his loneliness.

VOICE OVER OF ROHIT

लेकिन अचानक कार एक्सिडेंट में हुई करुणा की मौत मेरी अब तक की ज़िन्दगी में एक मोड़ बन कर आयी।

मैं जैसे एक सुनसान अकेलेपन में घिर गया। वही घर, जिसमें करुणा के साथ मैंने कई सपने देखे थे, उसकी एक–एक चीज़ मुझे अजनबी लगने लगी।

- Rohit stands near the window of his apartment. Alone in the darkness. He is smoking a cigarette.
- Rohit is sitting at the breakfast table *(exactly as in one earlier scene with Karuna)*. The maid comes and places the cornflakes bowl.
- He is sitting before the computer at his desk. He seems lost. Computer screen shows screen saver. He gets up, looking lost in thoughts.
- He is standing in the distance and in the foreground the maid mopping the floor.

- Shot of funeral... Rohit is standing beside Tanya.

VOICE OVER OF ROHIT

कपूर साहब की हार्ट अटैक से अचानक मौत हो चुकी थी...
यही वे अकेलेपन और तनहाई के लमहे थे, जब तान्या मेरी ज़िन्दगी में आने लगी।

66. INT. MARRIAGE VENUE– DAY

Tanya in wedding dress, surrounded by friends and relatives. Rohit joins. Their marriage photo is taken-- freeze.

VOICE OVER OF ROHIT

मैं अपने अकेलेपन से परेशान था और तान्या मुझे पागलपन की हद तक चाहती थी...
इन्हीं हालात में हमने शादी करने का फ़ैसला लिया।

FREEZE FRAME

RANDHAWA (VOICE OVER)

बहुत खूब...! बहुत खूब!!...
There is a loud echo of applause and the sound of clapping is heard.

Sequence 15

He is Accused

67. INT. COURT–NIGHT

Randhawa is clapping loudly in the court.

RANDHAWA (VOICE OVER)

बहुत ख़ूब!!...बहुत टचिंग बहुत मूविंग स्टोरी। अच्छा बयान दिया तुमने!...लेकिन योर ऑनर, सच्चाई ये नहीं है...! असली सच्चाई तो इस कहानी के परदे के पीछे छुपी हुई है।

अपने आप को नेक, मेहनती और ईमानदार कहने वाले इस शख़्स के भीतर एक ऐसा शातिर शैतान छुपा बैठा है, जिसने एक के बाद एक कई ज़िन्दगियाँ तबाह कीं।

flashes from earlier scenes

Scenes from an earlier part are repeated, with some extra shots at times, to underline the voice over of Randhawa.

INT. OFFICE–NIGHT

RANDHAWA (VOICE OVER)

योर ऑनर, रोहित कुमार धवन ने कम्पनी के काम में अपने आप को झोंक दिया। 18–18 घण्टे। इसने दिन–रात एक कर दिये।

लेकिन क्यों?

...इसलिए कि वह कम्पनी के मालिक कपूर साहब को इंप्रेस करके उनका भरोसा जीत सके।

Rohit at his desk with a table-lamp on. Mr. PK Kapoor, as he is closing his cabin, notices Rohit. He goes up to him. Rohit gets up.

कपूर : *(एप्रिशिएशन में मुस्कुराते हुए)*
रोहित घर जाओ...रिलैक्स करो...! इट इज़ नाउ लेट...

रोहित : बस...बस सर! ज़रा–सा काम बाक़ी है। मेरी चिन्ता ना करें सर...! मैंने घर फ़ोन कर दिया है...!

कपूर : ओ.के. मैं चलता हूँ...! टेक केयर!

रोहित : ओ.के. सर....! गुड नाइट!!

68. INT. COURT–NIGHT

Rohit is disturbed. He wipes sweat with his handkerchief. DK watches him. Randhawa goes on.

रन्धावा : ...और योर ऑनर, अपने मक़सद में रोहित कामयाब रहा। इसकी निगाहें न ऑफ़िस

की दीवाल घड़ी पर टिकी हुई थीं, न अपने वर्किंग टेबिल पर। इसकी नज़रें तो कहीं और थीं।

इसने कपूर साहब का इतना भरोसा जीत लिया कि वे उसे अक्सर अपने घर बुलाने लगे।

टैलेंटेड तो ये था। इसने एक–दो बार कपूर ग्रुप ऑफ़ कम्पनीज़ को संकट से बाहर निकाला। लेकिन ये सब इसकी एक सोची–समझी स्ट्रेटेजी थी।

flashes from earlier scene

EXT. KAPOOR'S HOUSE–EVENING

Rohit arrives at Kapoor's House. Mr. and Mrs. Kapoor are sitting in the lawn.

कपूर : आओ...आओ रोहित...! बैठो...!

रोहित : सॉरी सर, आने में थोड़ी देर हो गयी। ...वो साइट पर ही देर हो गयी...

....

Mrs Kapoor smiles and pushes the snacks tray towards Rohit.

....

Tanya enters.

कपूर : देखो बेटे! ये हैं रोहित! हमारी कम्पनी के सबसे कंपीटेंट और रिलायबल एंप्लायी...

तान्या : हाँ मैं जानती हूँ। पापा हमेशा इनकी तारीफ़ करते रहते हैं। नमस्ते...! एंड कांग्रेच्युलेशन्स फॉर योर प्रोमोशन...

रोहित : थैंक यू...!

Tanya starts preparing tea. Rohit notices her.

तान्या : कितनी शुगर लेंगे आप...?

रोहित : अ...अ...बस ठीक ठाक...

She adds the sugar.

तान्या : ओ के! ...ये एक ठीक...और ये दो ठाक...

All of them sitting there in the lawn, amused at this.

69. INT.COURT–NIGHT

Randhawa has a clever smile on his face. Rohit is becoming increasingly tense. DK moves his glasses and makes some notes. Randhawa comes up close to Rohit.

रन्धावा : रोहित, क्या ये बात सच नहीं है कि वही ...कपूर साहब के घर में, तुमने उनकी बेटी तान्या को देखा?

रोहित : हाँ, ये सच है!...लेकिन...

रन्धावा : नो इफ, बट एंड लेकिन...रोहित! और क्या ये भी सच नहीं कि तान्या उस वक़्त एक बहुत नाज़ुक उम्र के मोड़ पर थी?

Randhawa's voice now has an attitude of someone hypnotizing his subject as we see:

flashes from earlier scene

EXT. LAWN OUT SIDE KAPOOR'S HOUSE–DAY (EVENING)

Rohit is sitting with Mr. Kapoor. Behind them Mrs Kapoor is tending to the plants.

VOICE OVER OF RANDHAWA

ज़रा गहराई से सोचने की कोशिश करो रोहित...कोशिश करो...कि तान्या के बारे में उस वक़्त तुम्हारे दिमाग़ में क्या था...

मिसेज़ कपूर : ए...! देखो इधर! डेहलिया ने कितने सुन्दर फूल दिये हैं इस बार...!!

Tanya comes near Mr. Kapoor.

तान्या : पापू...! इनको बोल दो ना...मुझे शॉपिंग करा लायें! बोल दो ना पापू...

VOICE OVER OF RANDHAWA

सोचो...रोहित!...तान्या को लेकर उस वक़्त तुम्हारे दिमाग़ के भीतर कौन–सा ख़याल था?

कपूर : नहीं बिल्कुल नहीं! रोहित टेक्स हिज सैलेरी नॉट टु एंटरटेन यू ..!

तान्या : पापू...! मैं आपसे नहीं बोलूँगी....

मिसेस कपूर : जाने दो ना! सुबह से पीछे पड़ी है। पता नहीं क्या–क्या ख़रीदना है इसे....

कपूर : ठीक है जाओ! लेकिन रोहित को सही सलामत लौटा लाना...!

तान्या : थैंक यू पापू! थैंक यू पप्पू डार्लिंग!

Rohit and Tanya leave.

Flashes of the scenes selectively picked up from earlier sequences where Tanya and Rohit are coming close...

EXT. CITYROAD–EVENING

Tanya is driving the car very fast. Rohit looks anxious.

Tanya giggles.

तान्या : ...थोड़ी स्लो है ना?...

She presses the accelerator and the speedometer shows 100.

रोहित : तान्या! केयरफुल...!

• Tanya playing bowling game, asking Rohit to play.

VOICE OVER OF RANDHAWA

सोचो...रोहित!...तान्या को लेकर उस वक़्त तुम्हारे दिमाग़ के भीतर कौन–सा ख़याल था?

• Tanya standing in monument dressed in pink cocktail dress. Rohit is lost in her beauty.

• Rohit and Tanya in car. Tanya's head resting on Rohit's shoulder.

INT. RESTAURANT–NIGHT

Tanya and Rohit in a cozy restaurant

आई नो यू हैव डीप लव फॉर करुणा दीदी..

...बट बट...वी कैन स्टिल बी फ्रेंड्स।

70. INT. COURT–NIGHT

With a loud sound a huge vase comes crashing to the floor. The black cat has jumped over it and is now seen rushing out of the hall.

Rohit wipes the sweat off his face. Randhawa is peering into his eyes.

Randhawa exchanges a look with the Judge.

Kallu goes out of the hall. DK wipes his glasses and looks sternly at Randhawa.

डीके : रन्धावा...! आय नो योर ट्रिक! तुम ये मत सोचो कि सिर्फ़ तुम किसी के दिमाग़ की जासूसी कर सकते हो...आय कैन आल्सो वेरी वेल रीड योर माइंड!

Randhawa laughs.

रन्धावा : डीके...मैंने पहले भी कहा है कि सच वो नहीं है, जो आँख से दिखता है, सच्चाई को तो खोज कर निकालना पड़ता है...अँधेरे में से, झूठ के परदों के पार से...

डीके : एक बेगुनाह और सीधे–सादे आदमी को मुज़रिम साबित कर देने से तुम्हें क्या मिलेगा रन्धावा...?

DK turns to Rohit.

डीके : रोहित...! तुमने मेरी बात नहीं मानी...! रोहित! अभी भी वक़्त है...सँभल जाओ! दिस डेविल इज़ मैनुपुलेटिंग योर माइंड... डू यू अंडरस्टैंड रोहित...???

Rohit is feeling cornered. Visible drops of sweat form on his forehead.

We dissolve over his concerned and worried face to a speedy shot that follows, *as if the memory of it is rushing into his mind....*

71. INT / EXT / ROAD + CAR –NIGHT

Through the windscreen of the car, the rapidly moving road, as the car moves on. Inside, Rohit is driving. Next to him is Tanya.

VOICE OVER OF RANDHAWA

रोहित, याद करो! तान्या अब तुम्हारी हो चुकी थी...दुनिया तुम्हारी बदल गयी थी... और तुम्हें हर चीज़ रंगीन नज़र आ रही थी...

वह कार जो तुम चला रहे थे, थी तो तान्या की लेकिन जैसे तान्या की तरह ये भी तुम्हारे कब्जे में आ गयी थी..

72. EXT. DESERTED SPOT ON ROAD–NIGHT

Suddenly he drives the car to a side and stops the car.
The car is now parked. It is a isolated spot. Car windows are tinted.

VOICE OVER OF RANDHAWA

तान्या तो बच्ची थी तब...तुमने लेकिन मौके का पूरा फायदा उठाया...

73. INT. CAR–NIGHT

Rohit moves from the driving seat and turns over to Tanya. He starts kissing her. First lightly, then a deep kiss. She responds by holding him close.
Then he gets more aggressive. He has taken a posture where he is astride her now on her seat. Tanya protests a bit.

तान्या : No रोहित

रोहित : Come on Tanya...its ok
His hands start groping over her body.
Tanya seems in two minds.

तान्या : No...
Rohit pulls off the top from the shoulder and kisses her on the shoulder. She feebly resists. She is undecided, whether to enjoy this moment or to resist.
Then he suddenly pulls her skirt up.
He unzips his trouser.
He continues to caress her near the neck.
She moans and still resists.

तान्या : रोहित...
He gently overcomes her feeble resistance and starts making love to her in the car. She seems to have succumbed and is not resisting any more.

74. INT. COURT

Randhawa is standing close to Rohit and peering into his eyes.

Eyes all around are watching him.
The Judge and DK and Kallu.
At the window–with their faces stick to the glass–are watching, the Dwarf and Urchin woman.
And the cats eyes too are focused on Rohit.
Rohit is shaking.

रन्धावा : *(फुसफुसा कर बोलता है)*
रोहित, ज़रा अपने दिमाग़ पर ज़ोर डालो और सोच कर देखो...कहीं तुमने नेक और रहम दिल कपूर साहब की ज़िन्दगी तो नहीं ले ली, जिन्होंने ग़रीबी के कूड़ेदान से उठाकर तुम्हें इज़्ज़त की ज़िन्दगी दी थी। और आस्तीन के साँप की तरह तुम्हें अपने भरोसे और विश्वास का दूध पिला कर पाला था? सोचो रोहित....सोचो...
याद करो उस रात की बात, जब साउथ अफ्रीका से जल्दी लौट आने पर, तुम्हारे बॉस पी.के. कपूर की आँखों ने जो नज़ारा देखा...!
You know why he had a heart attack?
रोहित,...जो कुछ उन्होंने उस कमरे में देखा, क्या उनका कमज़ोर दिल उसे बर्दाश्त कर सकता था?

flashback starts >>>

75. EXT.NIGHT–PORTICO

Rohit and Tanya leave the car and Tanya rushes ahead up the stairs...

Rohit waits below for a moment, hesitating. Tanya gestures to him to come up.

तान्या : कोई नहीं है घर पर... पापा तो दो रोज़ बाद=South Africa–से लौटेंगे।

He goes upstairs.

76. EXT. PORTICO–DAY

Mercedes car stops in the portico. Chauffeur opens door. Mr. Kapoor emerges and starts climbing the stairs. The door is ajar. Sound of music mixed with moans.

He comes to the door.

77. INT. BEDROOM OF TANYA–DAY

On the floor, their garments lie scattered.

Rohit is sitting on a chair and Tanya comes and sits... astride.

Kapoor looks at a large semi-mirrored glass. There he sees a reflection of them making love.

He is shocked and turns back.

Rohit sees some movement in the same glass but is unsure.

Rohit appears at the door buttoning his shirt.

He sees a fleeting glimpse of the car rushing out.

Rohit ignores it and goes inside shutting the door completely.

78. EXT. PORTICO–NIGHT

An ambulance at the bungalow.

79. INT. BEDROOM OF MR.KAPOOR–NIGHT

The doctor examining Mr. Kapoor stops with gestures the ambulance wards who rush in ...that there is no need.

डॉक्टर : मिस्टर कपूर इज़ नो मोर...

Mrs. Kapoor is in tears. Tanya and Rohit rush in.

79. INT. COURT–NIGHT

Rohit looks troubled.

रन्धावा : *(he speaks as if addressing the Judge)* मी लॉर्ड....अपनी इकलौती मासूम नासमझ बेटी तानिया को मिस्टर कपूर ने रोहित की हवस का शिकार बनते हुए अपनी आँखों से देखा।

(ज़ोरों से चीख़ता है) और योर ऑनर, मिस्टर कपूर का कमज़ोर दिल ही नहीं, किसी भी बाप का मज़बूत से मज़बूत दिल भी इस विश्वासघात...इस सदमे को झेल नहीं पाता...

यह हत्यारा है योर ऑनर...मर्डरर...

रोहित और भी कुछ बताऊँ। ...कि सब कुछ याद आ गया है?

रोहित : पानी...! पानी...!! ...मेरा गला सूख रहा है!...

DK gives him a glass of water. Rohit takes it and drinks as if extremely thirsty.

डीके : योर ऑनर, मुझे मुवक्किल रोहित कुमार से अकेले में बात करने की इजाज़त दी जाय!

जज : परमीशन ग्रांटेड!

DK takes Rohit to the room.

81. INT. DK ROOM–NIGHT

Under the light of the lamp at the table are seated Rohit and DK.

डीके : रोहित...क्या सब कुछ बिल्कुल ऐसा ही हुआ?

Rohit nods 'Yes.'

रोहित : लेकिन मैंने पहले कभी ऐसा सोचा नहीं। कब क्या से क्या हो जाये...कैसे जान सकता है कोई...

82. INT. COURT–NIGHT

ANGLE ON JUDGE

as he announces:

जज : यू मे नाउ रिज़्यूम विद योर आर्ग्युमेंट्स रन्धावा...

रन्धावा : थैंक यू मी लार्ड!

(रोहित के पास पहुँचता है)

रोहित क्या ये सच नहीं...कि उन दिनों जब एक तरफ़ तुमने अपने बॉस मिस्टर कपूर का विश्वास...

83. EXT. CITY ROAD–NIGHT

Rohit is driving the car. Tanya has rested her head on his shoulders. Reflected lights pass over the windscreen.

RANDHAWA VOICE OVER

और दूसरी तरफ़ उनकी बेटी तान्या का दिल पूरी तरह जीत लिया...
और नादान तान्या की जवानी का मज़ा मिलने लगा...तो...तो...तुमने पहली बार सोचा...

रोहित : *(मन में)*

काश करुणा मेरी ज़िन्दगी में ना होती...

CUT TO

84.INT. BEDROOM–NIGHT

Rohit is lying down next to a woman in bed. She touches him. He does not react...
She sits up and we see it is Karuna.

करुणा : सो गये क्या रोहित... रोहित...?

करुणा : रोहित...

रोहित : क्या है?

करुणा : मुझे डर लग रहा है...

रोहित : कैसा डर...?

करुणा : तुम मुझसे धीरे–धीरे दूर हो रहे हो...

रोहित : ओफ्...फिर से वही बकवास...! सो जाओ प्लीज़, सुबह अर्जेंट मीटिंग है...

करुणा : रोहित.. इस अकेलेपन में मेरा दम घुटता है। मुझे बच्चा चाहिए...शादी को दो साल हो गये...Lets have a baby...

रोहित : कैसी बात कर रही हो करुणा...?...मुझे पहले कुछ बन तो जाने दो।

DISSOLVE TO

85. INT. HALL–NIGHT

Karuna sits in an extremely tense mood facing Rohit who turns away and looks out of the window. In her hand is a bottle of pills.

करुणा : कौन है वो...? मुझसे मत छुपाओ रोहित...

रोहित : क्या बात कर रही हो करुणा?...मैंने तुमसे कहा ना...कोई नहीं। ...प्लीज़ बिलीव मी...

करुणा : ओह तुम अपनी ज़िद नहीं छोड़ोगे ना रोहित...! !...कोई न कोई तो है ज़रूर...

Rohit turns to look at her. She swallows two pills.

करुणा : मुझे बताओ रोहित...तुम मुझसे दूर जा रहे हो...

She swallows two more pills.

करुणा : बोलो...तुम उसके साथ physical हुए न ...बोलो।

Rohit turns away from her. She empties the whole bottle of pills and swallows.

86. INT. HOSPITAL–NIGHT

Ceiling lights are rapidly rushing past

overhead as we travel down a hospital corridor.

Over the hospital bed, a doctor and two assistants in aprons come close and peer.

Karuna opens her eyes slowly. Syringes connected to her arms.

Rohit is silently standing there.

DISSOLVE TO

FLASHES FROM EARLIER SCENE

From these scenes which have come before–given here for reference–shots will be edited together as a lead up to the fatal accident of Karuna.

INT. ROHIT'S FIRST HOUSE–BEDROOM–NIGHT

Karuna walks to the bed and sits down.

करुणा : मैं घुट जाती हूँ इस घर में अकेली...! हर बार तुम यही कहते हो ।
मुझे दो दिनों से बुख़ार है रोहित! ये दीवारें मुझे खाने को दौड़ती हैं। लगता है मैं किसी जेल या हॉस्पिटल में हूँ!...क्या घर ऐसा ही होता है रोहित, जिसके सब लोग सपने देखते हैं?

रोहित : वी.ओ.
करुणा...! प्लीज़ डोंट गेट सेंटी! वो डॉक्टर भूटानी को फ़ोन कर लो...!

करुणा : ओह! यू हैव बिकम अ रोबो ऑफ़ योर कम्पनी! इन्सान नहीं ...इन्सान जैसा एक मशीन...

She keeps the phone down.

INT. BEDROOM. KARUNA APARTMENT - DAY

करुणा : मत जाओ ना रोहित...

रोहित : कपूर साहब ने बुलाया है...मीटिंग है हमारी ...कम्पनी के सारे जोनल ब्रांचेज़ की एनुअल बोर्ड मीटिंग...

करुणा : तुम स्किप नहीं कर सकते...ये मीटिंग? मेरे कहने पे...

रोहित : क्या बात करती हो तुम...? यू आर नॉट अ किड...

Rohit closes his brief case. He adjusts the knot of his tie. Karuna comes and holds him by his tie.

करुणा : रोहित...सच–सच बताओ! क्या सचमुच वो कम्पनी ही है जिसके लिए हफ़्तों–हफ़्तों तुम घर से ग़ायब रहते हो? मुझे छोड़ कर? ...प्लीज़ सच–सच बताओ...कोई और है क्या?

She starts crying.

करुणा : कौन है वो? बोलो...रोहित...

रोहित : *(झुँझला कर)*
ये क्या बकवास कर रही हो?

करुणा : मुझे सब पता है...तुम उससे छुप–छुपकर मिलते हो...कम्पनी के बहाने बना कर?...

मिलते हो ना!

रोहित : फ़िज़ूल बातों के लिए मेरे पास टाइम नहीं है...

करुणा : कौन है वो बताओ...कौन है वो?

Rohit shakes her off, picks up his briefcase and moves.

रोहित : मैं जा रहा हूँ।

As he reaches the door she says:

करुणा : रुक जाओ रोहित...अगर तुम गये तो मैं भी चली जाऊँगी।

Rohit looks at her once and exits. As soon as the door shuts she screams:

करुणा : रोहित!!

EXT. BASEMENT OF BUILDING–EVENING

As he is about to sit inside the Lancer, Karuna shouts from the balcony:

करुणा : रोहित मैं जा रही हूँ...एंड आई मीन इट! अब मैं लौटकर कभी नहीं आऊँगी...

He does not react and brushes her off. His car leaves.

Karuna comes rushing with a suitcase and sits in the other car.

EXT. ROAD–DAY

Karuna is driving very fast–speed touches 120kmph.

87. EXT. ACCIDENT SPOT–DAY

We see these signs pass by–

HIGHWAY 39

SLOW

NARROW BRIDGE AHEAD

गति धीमी करें
आगे सँकरी पुलिया है

CAUTION

BLIND TURN AHEAD

सावधान
आगे अन्धा मोड़ है

Shots of the car rushing ..She is headed for disaster ...but does not seem to care.
...and it meets with a shocking accident.

<<< flashback over

88. INT. COURT–NIGHT

Rohit looks sad and lost.
The black cat is sitting at the Judge's table.

रन्धावा : योर ऑनर, आपके सामने, कठघरे में, इस वक़्त जो शख़्स खड़ा है और अपने ईमानदार, नेक, मेहनती और बेगुनाह होने का दावा कर रहा है...यह एक ऐसा मुज़रिम है, जिसे ख़ुद ही नहीं पता कि इसके

दिमाग़ के भीतर बैठे शैतान ने कितने अपराध कर डाले...
मी लॉर्ड मैं अदालत से दरख़्वास्त करता हूँ कि ताज़ी रात–ए–हिन्द की धारा 304 ...और धारा 309 के तहत...ग़ैर–इरादतन हत्या...होमीसाइड और ख़ुदकुशी के लिए किसी को मजबूर करने...एबेटमेंट टु मर्डर के जुर्म में इसे सख़्त से सख़्त सज़ा दी जाये...
दैट्स ऑल योर ऑनर....
Randhawa bows and sits down.

जज : मुद्दई रोहित कुमार धवन! तुमको अपनी सफ़ाई में कुछ कहना है?
Rohit seems about to collapse. DK rushes to hold him. Seeing his condition the Judge says:

जज : अदालत फ़ैसले तक के लिए मुल्तवी की जाती है। दि कोर्ट इज़ एडजॉनर्ड...
Mixed sounds of digging and heavy breathing as Dk takes Rohit away.

89. EXT. GRAVEYARD–NIGHT

Kallu is digging grave with his shovel and the sound of his heavy breathing can be heard. Suddenly there is some movement in the bushes. Kallu stops digging and looks.
Tibetan Dwarf is seen dragging, with enormous effort, a large coffin.
Kallu helps him. They bring coffin close to the grave and exchange looks.

Suddenly, Tibetan opens the lid of the casket.

The Urchin woman is lying inside, as if she is dead.

She opens her eyes slowly, and giggles wildly.

Kallu and Tibetan join her with their weird laughter.

Their laughter reverberates in the darkness of the forest.

90. INT. DK ROOM–NIGHT

Rohit is now sitting on the floor, exhausted completely. DK is looking at him, as if disappointed with him.

डीके : मैंने तुमसे कहा था न रोहित...कोई छोटा–मोटा जुर्म क़बूल कर लो...

रोहित : मैंने कभी ऐसा सोचा ही नहीं था...
ये सब क्या है! शायद...शायद मैं बेगुनाह हूँ...! मैंने ऐसा जान बूझकर नहीं किया...!
पानी...पानी...
मेरा सिर फटा जा रहा है...

DK pours him a glass of water from a jug.

डीके : डिफेंस लायर की हैसियत से ये मेरा पहला केस है जो मैं हारूँगा...

DK comes close to him.

डीके : रोहित...तुम अभी भी बच सकते हो...!!
काश तुम मेरी एक बात मान लो...

Rohit holds his head in his hands, as

if he has a terrible headache. DK tries one last effort–

डीके : तुम पागल बन जाओ...! तुम फाँसी के फनदे से बच जाओगे और ये मुक़दमा बराबरी पर छूट जायेगा...

DK is impatient to hear his answer to the suggestion.

रोहित : मुझे ऐसा लगता है...जैसे...

जैसे मेरे भीतर...मुझसे छुपा हुआ एक कोई और भी है...! वो भी शायद मैं ही हूँ...! ...मुझे लगता है...ये सब कुछ जो होता गया...वो सब यों ही नहीं हुआ...अपने आप...!

वो सब कुछ एक सोची–समझी स्कीम थी...!...

मैं ख़ुद ही नहीं जान पाया था...आज की रात के पहले...

मेरा सिर फटा जा रहा है...!...

Kallu enters, with the rope in his hand.

कल्लू : चलिए...जज साहब बुला रहे हैं।

डीके : चलो फ़ैसले की घड़ी आ गयी...

91. INT. COURTROOM–NIGHT

As DK enters the Hall with Rohit, the Judge asks:

जज : मिस्टर देव कुमार, आपको अपने मुवक्किल के डिफेंस में कुछ कहना है...?

डीके : योर ऑनर, रोहित कुमार घवन ने जो भी कुछ किया, वह उससे अनजाने में हुआ। उसकी उम्र और क़ाबिलियत को देखते हुए मैं अदालत से रहम की अपील करता हूँ।

जज : रोहित कुमार, अदालत के सामने अपने बचाव में तुम कुछ कहना चाहोगे...?

Seeing he does not reply, Judge writes something down.

जज : रोहित कुमार धवन को अदालत का फ़ैसला आने तक कड़ी हिरासत में रखा जाय।

All rise now.

जज : कल्लू...मेहमान को उसके कमरे तक पहुँचा दो!

92. INT. CORRIDOR–STAIRS–NIGHT

Rohit walks, supported by Kallu.

And at a little distance from them follow: the Tibetan dwarf, petrol-pump boy and urchin woman.

They all leave Rohit at the door.

93. INT. ROOM–NIGHT

Rohit climbs up alone and opens the door. He goes inside. The door slams, to close on its own. He turns to it and tries to open. Opening it, he peeps out in the corridor. There is no one there. He turns in and leaves the door ajar. Again the door shuts on its own.

He rushes to the window and tries to open it. He has to struggle and then abruptly, with great force of wind, the window flies open. A gust of mist rushes in. He sits on the bed.

As the mist clears we can see a feminine figure sitting on the rocking chair.

Rohit looks at her and is frightened... It is Karuna. He gathers strength and goes up to her.

रोहित : करुणा...मुझे माफ़ कर दो...! प्लीज़ फारगिव मी...

Karuna has a smile on her face. Rohit stands and suddenly a gust of wind rushes in from the window with fog and leaves, forcing him to close his eyes in reflex.

When he opens his eyes, there is no one on the rocking chair. He sees that the door is again open. The black cat walks out of the room through that open door. Rohit rushes to the door.

94. INT. STEPS AND PASSAGE IN FRONT OF ROOM–NIGHT

He steps out into the corridor. Watching him go are the hovering figures...watching from windows above ...The Dwarf and Kallu.

He moves fast. Looking at the objects and the paintings.

95. INT. COURTROOM–NIGHT

He enters the big hall, which was the Court. It is now deserted. He looks at

the paintings and pictures on the wall.
His eyes travel to a picture on the wall.
It is of Justice SS Mukherjee.
He notices another next to it. In this Judge is accompanied by the two Lawyers, DK and Randhawa. All are dressed in formal legal attire.
And he sees the third and freezes.
In this picture there are seven people.
The Judge, DK and Rohit and behind them is Kallu and next to him the Tibetan Dwarf, the Urchin Woman and the Petrol Pump attendant.

Sequence 16

Conversation with the JUDGE

96. INT. LIBRARY–NIGHT

This is a big room, like a chamber or study. Huge shelves lined with big volumes. Books on law. Religious books.

From behind a wooden screen, Rohit sees a figure seated on a chair, holding a book.

He looks closely–it is Justice SS Mukherjee.

As if sensing he is there the Judge says, without turning:

जज : ओह! रोहित! बोलो...नींद नहीं आ रही?

Rohit is startled and comes out from behind the wooden screen and in front of the Judge.

रोहित : जज साहब...! जज साहब...मैं माफ़ी माँग रहा हूँ...! मुझे माफ़ कर दीजिए योर ऑनर...

मैं जीना चाहता हूँ जज साहब...! वो तान्या...! वो गोवा में बैठी मेरा इन्तज़ार

कर रही है। ...वो रात भर सोयी नहीं होगी ...जज साहब...!! वो बहुत प्यार करती है मुझसे...प्यार करती है वो...

मैंने जानबूझ कर ये सब नहीं किया!...ज़रा सोचिये जज साहब...! मेरे जैसे तो बहुत सारे लोग हैं...! कोई नहीं जानता...वो कर क्या रहा है? कौन–सा गुनाह...?...है कि नहीं? ...है ना?...है...ना...? तो सिर्फ़ मुझे ये सज़ा...?

मैं आपके पाँव पड़ता हूँ...योर ऑनर...! ...सिर्फ़ एक बार मुझे माफ़ कर दीजिए...! मैं अपनी तान्या के पास जाना चाहता हूँ...

Rohit breaks down completely now. Tears run dwon his cheeks.

Outside at the door gather the three figures: Kallu with the rope and gun slung over his shoulder. Tibetan with a rifle. And the Petrol Pump attendant with a big spanner.

The Judge walks to Rohit and says.

जज : ओ लॉर्ड! फारगिव देम...! दे नो नॉट व्हाट दे डू...! हे ईश्वर! इन्हें क्षमा करना, ये ख़ुद नहीं जानते, ये क्या कर रहे हैं।

97. INT. CORRIDOR–STAIRS–ROOM NIGHT

Kallu and the others escort him to the room. Kallu leaves him on an easy chair.

कल्लू : एक झपकी ले लो बाबू जी! रात ज़्यादा नहीं बची। *(pause)* सुबह मैं लेने आऊँगा!

Rohit is alone now and he looks at the rocking chair. The chair is empty. He closes his eyes and falls asleep.

SLOW DISSOLVE TO

Sequence 17

Morning–The Room

98. INT. /EXT ROOM–EARLY MORNING

Soft warm sunlight hits the window.

Rohit opens his eyes and feels a tremendous sense of peace and calm.

MUSIC TAKES OVER. a bright theme... of hope and forgiveness, peace and redemption...

He stretches his body, throws his arms to loosen muscles. It is a wonderful refreshing morning.

He notices the rocking chair is there.

He walks to the window and looks out.

INSERT

Just a little away, is the highway. With rush of traffic–trucks and cars rushing on.

And he can see–his car is there on the side of the road.

He rushes out to:

99. INT. CORRIDOR–EARLY MORNING

Rohit walks in the corridor looking here and there. No one can be seen. The place is completely deserted.

100. EXT. HIGHWAY–EARLY MORNING

From inside his car, Rohit is looking towards the forest now. He looks beside him–his bag is there. He looks out. All the snack packets are seen, blown by the wind across the road.

He turns the ignition key and tries to start the car. The car starts and begins to move.

As he drives, his mobile rings. He takes his mobile from his pocket. It is Tanya.

रोहित : हेलो...

तान्या : *(filtered voice)*

तुम कहाँ हो रोहित..? रात भर मैं तुम्हारा नम्बर लगाती रही...! क्या हो गया था?

रोहित : ओह सॉरी...सॉरी डार्लिंग! लगता है पॉकेट में स्विच ऑफ़ हो गया था...मैं शायद सो गया था...

तान्या : कहाँ सो गये थे...?

रोहित : शायद कार में ...! ...या शायद उधर जंगल में...!

तान्या : व्हाट? तुम जंगल में सोये? मालूम है रात में तुम अजीब तरह से फ़ोन पर बात कर रहे थे...! मैं डर गयी थी रोहित...

रोहित : ओह...ओह...!? आइ डोंट नो...मैं रात भर शायद...अजीब सा सपना देखता रहा...तान्या...

तान्या : येस...! बोलो...

रोहित : आइ लव यू सो मच...! मैं तुम्हारे लिए ही तो ज़िन्दा हूँ...! समझ लो मुझे कल रात ये लाइफ़ तुम्हारे लिए ही मिली है...मैं तुम्हें अकेला कभी नहीं छोड़ूँगा...कभी उदास नहीं होने दूँगा तुम्हें। ...तुम मेरी ज़िन्दगी हो...

तान्या : ...आय टू लव यू रोहित...!

रोहित : मैं आ रहा हूँ डार्लिंग...! बस एक घण्टे में पहुँच जाऊँगा...!

तान्या : गाड़ी ठीक से चलाना...! रोहित...मालूम है ...तुम्हारे लिए क्या है मेरे पास...

रोहित : क्या है...?

We see the car moving and regular traffic passes by. Their conversation can be heard for sometime as the car goes farther and farther.

तान्या : तुम्हारा फेवरेट...बंगाली रोसोगुल्ला...और... सीजनल फ्रूटक्रीम विद ग्रेप्स...

रोहित : और...? और...?

तान्या : और वो पिंक कॉकटेल ड्रेस...जल्दी आओ ना...!...

रोहित : मैं आ रहा हूँ डार्लिंग...!

101. EXT. ACCIDENT SPOT–DAY

As we see the car going on the Highway there is a feeling of having seen this spot before.

The signs that pass now:

SLOW

NARROW BRIDGE AHEAD

गति धीमी करें

आगे सँकरी पुलिया है

And then:

CAUTION

BLIND TURN AHEAD

सावधान

आगे अन्धा मोड़ है

These are the same signboards we had seen earlier. It is the same spot where Karuna accident had occurred...

And then...the car explodes.

And a loud crashing sound is heard ...as we see the car go down the cliff... The camera gradually floats higher and we notice three figures in dark overcoats on the edge at another higher level of the cliff. There are peeing down where the car fell ...And they are–the Judge and his two lawyers.

102. EXT. VARIOUS LOCATIONS–DAY (NEWS VIDEO RECORDING)

TV news reader reads the news as we see the line *FATAL ACCIDENT ON HIGHWAY 39* and appropriate accompanying visuals.

TV NEWS READER

Rohit Kumar Dhawan–a very promising young industrialist who had steered the Kapoor Group of Companies from a meager 60 crore company to 800 crores net worth–died in a road accident on Tuesday morning on Highway 39. The car he was driving crashed off the highway into a deep valley.

The spot is prone to accidents and it is not clear why Mr. Rohit Kumar Dhawan took this route to go to Goa. Police sources say there is some mystery here and they will investigate if there is any foul play.

103. INT. LIBRARY–NIGHT

As the camera pulls out from the scene we see that the TV with the news channel programme is being watched by the Judge seated on a large easy chair.

On his lap is the black cat which he fondles...

JUDGE

मोचू...मोचू...

Music takes over and end titles roll...

THE END